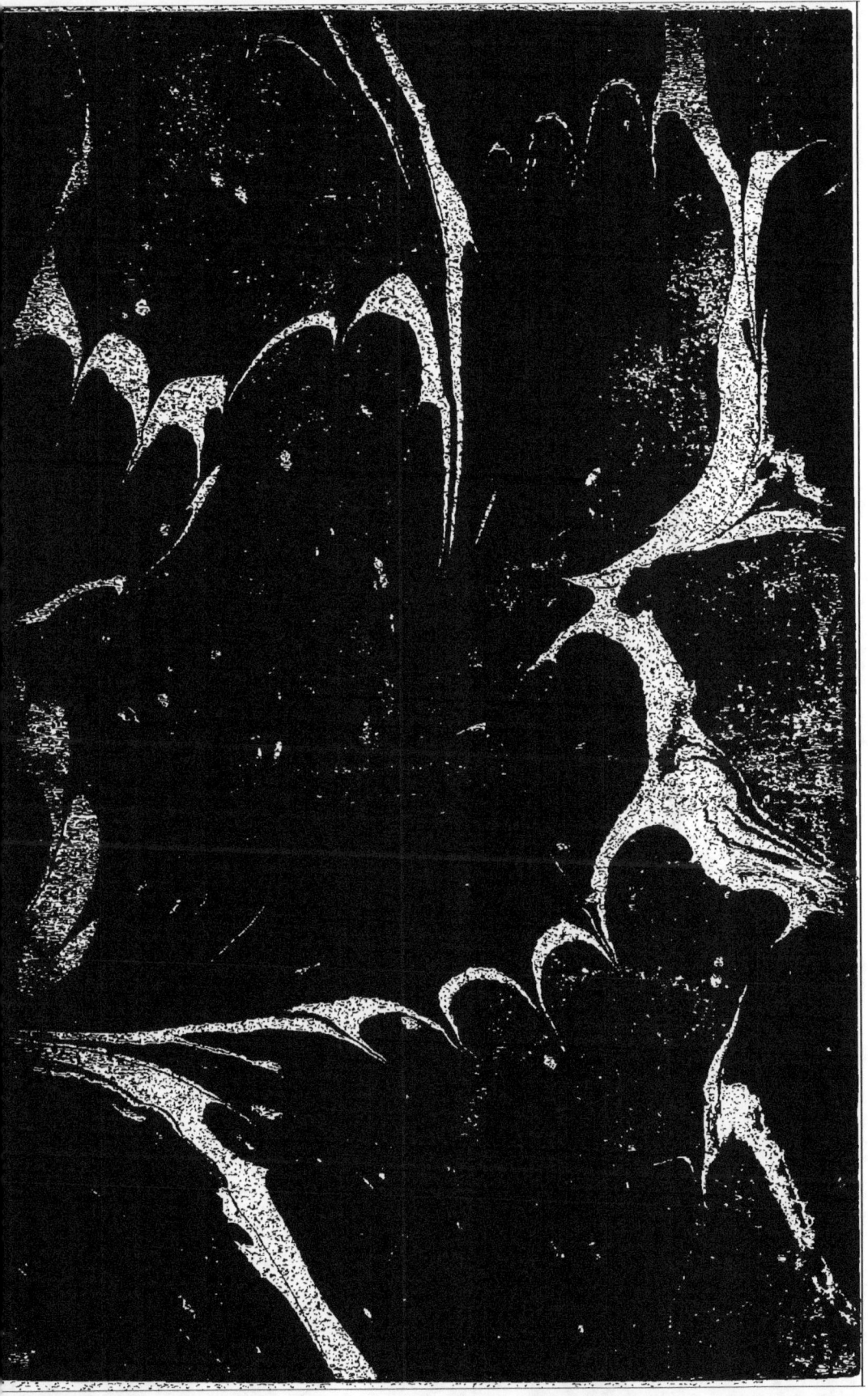

Double de

O. (Réservé)
O. double

1709.
B. 3.

C

# DISSERTATION

## SUR

# L'AMÉRIQUE

### ET

## LES AMÉRICAINS,

CONTRE LES

## RECHERCHES PHILOSOPHIQUES

DE MR. DE P.

PAR

## DOM PERNETY.

Abbé de l'Abbaye de Bürgel, des Académies Royales
de Prusse & de Florence, & Bibliothécaire de Sa
Majesté le Roi de Prusse.

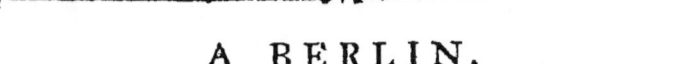

## A BERLIN,

CHEZ G. J. DECKER, IMPRIMEUR DU ROI.

# PRÉFACE.

**O**n m'avoit donné une grande idée de l'Ouvrage de Mr. de P. qui a pour titre: *Récherches philosophiques sur les Améri. cains.* Je me le procurai;

*

je le lus une premiere fois avec précipitation, & j'y trouvai bien des récherches, beaucoup de réflexions très-fenfées, mais auffi beaucoup d'affertions très hazardées, pour ne rien dire de plus, avancées en même tems avec un ton affirmatif, un ftyle vif, & une confiance qui devoient en impofer aux Lecteurs peu au fait des matieres qu'il traite. Je relus cet Ouvrage avec attention, & je me confirmai dans ma premiere idée. Je reconnus que Mr. de P. ou connoit peu l'Amérique & ce qu'elle contient, ou que, pour appuyer l'opinion d'un Auteur, qu'il avoit adoptée, fans une connoiffance de caufe, affez fondée, il s'étoit fait un devoir de décrier tout le nouveau Monde & fes productions. J'avois lu & relu quantité de rélations de l'Amérique; j'avois vû de mes propres yeux la plûpart des chofes, qui y font rapportées. Étonné de les voir contredites, ou travefties par Mr. de **P**. je me contentai de faire quelques notes fur les endroits les moins exacts. Mon deffein étoit de les communiquer à Mr. de Francheville, pour les inférer dans fa Gazette littéraire. Ces Notes m'ayant enfuite paru trop nombreufes pour en faire l'ufage que je m'étois propofé, je leur donnai un certain ordre, & je crus pouvoir en compofer une Differtation où l'Amérique & ce qu'elle contient feroient appréciés à leur jufte valeur. J'en lus la premiere partie à l'affemblée de l'Académie du 7. de Septembre dernier, & j'eus la fatisfaction de voir qu'on n'y défapprouvoit pas le parti que j'avois pris de réfuter l'Ouvrage de Mr. de P., qui auroit pu induire le public en erreur à cet égard. La vérité me fera toujours chere; elle doit l'être à Mr. de P. & l'emporter fur tout autre motif. J'efpere que

* 3

Mr. de P. la reconnoîtra dans ma Differtation, & qu'il n'employera que pour elle fes talens, qui méritent des éloges.

# DISSERTATION
## SUR L'AMÉRIQUE,
### ET
### LES NATURELS DE CETTE PARTIE DU MONDE.

onsieur de P. vient de mettre au jour un Ouvrage sous ce titre, *Recherches philosophiques sur les Américains.* Il s'efforce d'y donner l'idée la plus dèsavantageuse du nouveau Monde & de ses habitans. Le ton affirmatif &

A

décidé avec lequel il propofe & réfoud fes queſtions; le ton d'aſſurance avec lequel il parle du fol & des productions de l'Amérique, de fa température, de la conſtitution corporelle & fpirituelle de fes habitans, de leurs mœurs & de leurs uſages, enfin des animaux; pourroient faire croire qu'il a voyagé dans tous les pays de cette vaſte étendue de la terre; qu'il à vécu aſſez longtems avec tous les peuples qui l'habitent.　On feroit tenté de foupçonner, que, parmi les Voyageurs, qui y ont fait de longs féjours, les uns nous ont conté des fables, ont traveſti la vérité par imbécillité, ou l'ont violé par malice. (a)　Les autres étourdis par le vertige de leur enthouſiaſme, ont fi mal vû les choſes, qu'ils auroient dû, par refpect pour la raiſon, s'abſtenir de les décrire. Il eſt facheux pour nous qu'ils n'ayent pas eu le ref-

(a) Diſcours Préliminaire.

pect pour la vérité, & les yeux de Mr. de P.

L'Amérique, dit cet Auteur dans son Discours Préliminaire, l'Amérique plus que tout autre pays, offre des phénomenes singuliers & nombreux; mais ils ont été si mal observés, plus mal décrits, & si confusément assemblés, qu'ils ne forment qu'un cahos effroyable. Il a fallu s'armer d'opiniatreté pour se frayer une route au travers des contradictions vicieuses des Voyageurs, à qui les extravagances ont moins coûté qu'au reste des hommes.

Le nouveau Monde est, suivant Mr. de P. (b) une terre absolument ingrate, & comme en horreur à la Nature. Entre les végetaux exotiques importés en Amérique, les arbres à Noyaux, comme les Amandiers, les Pruniers, les Cérisiers, les Noyers, y

(b) Tom. I. p. 14.

ont foiblement profpéré & prefque pas du tout. Les Pêchers & les Abricotiers n'ont fructifié qu'à l'Ile de Juan Fernandez: ils ont dégéneré ailleurs; notre feigle & notre froment n'ont pris que dans quelques parties du Nord. Le Climat de l'Amérique étoit au moment de fa découverte, très contraire à la plûpart des animaux quadrupèdes, & furtout pernicieux aux hommes abrutis, énervés & viciés dans toutes les parties de leur organifme d'une force étonnante. La terre ou hériffée de montagnes en pic, ou couverte de forêts & de marécages, offroit l'afpect d'un défert ftérile & immenfe. Les premiers avanturiers qui y firent des établiffemens, eurent tous à effuyer les horreurs de la famine, ou les derniers maux de la difette. Dans les parties méridionales, & dans la plûpart des Iles de l'Amérique, la terre étoit couverte d'eaux corrom-

pues, malfaifantes, & même mor-
telles.

Ce terrein fétide & marécageux
faifoit végéter plus d'arbres vénimeux
qu'il n'en croît dans les trois autres
parties de notre Globe - - - la furface
de la terre frappée de putréfaction y
étoit inondée de Lézards, de Couleu-
vres, de Serpens, de Reptiles & d'Infectes monftrueux par leur grandeur &
l'activité de leur poifon. Enfin un
abatardiffement général avoit atteint,
dans cette partie du monde, tous les
quadrupèdes, jufqu'aux premiers principes de l'exiftence de la génération. (b) C'eft fans doute un fpectacle grand & terrible, ajoute Mr. de P.
de voir que la Nature aît tout donné à
notre continent pour l'ôter à l'autre,
& que dans ce dernier tout y foit dégéneré ou monftrueux. Un fol aride
dans fes montagnes, marécageux dans

(c) Tom. I. p. 9.

ſes plaines, ſtérile par ſa Nature dans
toute ſa ſurface, trompant toujours
l'eſpérance de ſes cultivateurs les plus
laborieux.   Tout juſqu'aux hommes
& aux animaux conduits de l'ancien
Monde dans le nouveau', a eſſuyé ſans
exception (d) une altération ſenſible,
ſoit dans leurs forces, ſoit dans leur
inſtinct.   Comme les végétaux; ils y
ſont venus tout rabougris; leur taille
s'eſt dégradée, (e) & par un contraſte
ſingulier, les Ours, les Tigres, les
Lions Américains ſont entièrement
abatardis, petits, puſillanimes & moins
dangereux mille fois que ceux de l'Aſie
& de l'Afrique.

C'eſt principalement au climat de
l'Amérique que l'on doit attribuer les
cauſes qui ont vicié leurs qualités eſ-
ſentielles, & fait dégénérer la nature

(d) Tom. I. p. 13.   Tom. II. p. 164.
(e) Tom. I. p. 8.

humaine. (f) Il réfulte des expériences faites fur les Créoles, qu'ils don-
dent dans leurs tendre jeuneffe, ainfi
que les Américains quelques marques
de pénétration, qui s'éteint au fortir
de l'adolefcence : ils deviennent hébétés, nonchalans, inappliqués, & n'attei-
gnent à la perfection d'aucune fcience,
ni d'aucun art. Auffi dit - on par forme de proverbe, qu'ils font déjà aveugles, quand les autres hommes commencent à voir.

Nous n'avons confideré jufqu'àpréfent, (g) continue cet Auteur, les
peuples de l'Amérique, que du côté de leurs facultés phyfiques, qui
étant effentiellement viciées, avoient
entrainé la perte des facultés morales.
La dégénération avoit atteint leurs
fens, & leurs organes; leur ame avoit

(f) Tom. II. p. 186.
(g) Tom. I. p. 153.

A 4

perdu à proportion de leur corps. La Nature ayant tout ôté à un Hémifphère de ce Globe, pour le donner à l'autre, n'avoit placé en Amérique que des enfans, dont on n'a encore pu faire des hommes.

Une infenfibilité ftupide fait le fond du caractère de tous les Américains; leur pareffe les empêche d'être attentifs aux inftructions; aucune paffion n'a affez de pouvoir pour ébranler leur ame, & l'élever au deffus d'elle-même. Supérieurs aux animaux, parcequ'ils ont l'ufage des mains & de la langue, ils font réellement inférieurs au moindre des Européens: privés à la fois d'intelligence & de perfectibilité, ils n'obéiffent qu'aux impulfions de leur inftinct: aucun motif de gloire ne peut pénétrer dans leur cœur: leur lâcheté impardonnable les retient dans l'efclavage, où elle les a plongés, ou dans la vie fauvage, dont ils n'ont pas le courage de fortir - - - les vrais Indiens occidentaux n'enchainent point leurs idées : ils ne méditent point & manquent de mémoire. ( h )

Si nous avons dépeint les Américains, dit encore Mr. de P., comme une race d'hommes, qui ont tous les défauts des enfans, comme une efpèce dégénerée du genre humain, lâche, impuiffante, fans force phyfique, fans vigueur, fans élévation dans l'efprit ; quelque révoltante & hideufe que foit cette image, nous n'avons rien donné à l'imagination en faifant ce portrait ( i ) qui furprendra par fa nouveauté, parceque l'hiftoire de l'homme naturel a été plus négligée qu'on ne penfe.  Enfin l'Amérique eft aux yeux de Mr. de P. une terre que la Nature femble avoir faite dans fa colère ; pour laquelle elle n'a que des entrailles de Marâtre, &

(h) Tom. I. p. 154.
(i) Difcours Préliminaire.

A 5

fur laquelle elle a verfé avec complai-
fance tous les maux, toutes les amer-
tumes de la boëte de Pandore, fans y
laiffer échapper la moindre portion
des biens qu'elle renfermoit.

Tel eft l'efquiffe du portrait de
l'Amérique & de fes habitants que Mr.
de P. nous préfente. Il a puifé fes
couleurs, dit-il, autant qu'il a été
poffible, dans les Auteurs contempo-
rains de la découverte du nouveau
Monde, qui ont pu le voir avant qu'il
eut été entièrement bouleverfé par la
cruauté, l'avarice & l'infatiabilité des
Européens.

A ce portrait, où l'on croiroit
aifément que le peintre a trempé fon
pinceau dans l'humeur noire de la mélancolie & délayé fes couleurs dans le
fiel de l'envie; dont tous les traits
femblent avoir été placés & conduits,
non par la philofophie qu'il annonce
avoir préfidé à fon ouvrage, mais par

un amour propre offenſé, par un parti pris d'humilier la nature humaine; me ſeroit-il permis, Meſſieurs, de vous en préſenter un des mêmes objets, qui pour être plus riant & plus flatteur, n'en ſera pas moins reſſemblant.

Si Mr. de P. avoit voyagé en Amérique, & l'eût parcourue en perſonne, il l'auroit vraiſemblablement conſiderée & obſervée avec d'autres yeux. Il n'auroit pas fait ſon livre; a moins que ce ne fut un parti pris de déguiſer le vrai, de le trahir quelquefois, & de le contredire partout où il le trouveroit. Oſeroit-on faire ce reproche à Mr. de P.? à lui, dont l'Ouvrage paroit-être le fruit de tant de veilles, de lectures & de reflexions? non, je n'oſerois le penſer; mais ne pourroit-on pas le ſoupçonner d'avoir fait beaucoup de lectures trop précipitées, d'avoir lû & vû les choſes avec des yeux mal prévenus, mal affectés;

de n'avoir extrait & ramaſſé que ce
qu'il a trouvé de propre à étayer une
hypothèſe enfantée par une imagination un peu trop enyvrée de tendreſſe
pour notre Hémiſphere & pour ſes
habitans. Il ne doit pas ſe croire aſſez
privilégié pour être exemt des préjugés de l'éducation, qui préſentent tant
d'obſtacles à la vraye philoſophie. La
prévention croît avec l'âge; l'éducation nous inſpire des erreurs; elle
nous donne des gouts, qui ſe fortifient
de plus en plus; nous nous habituons
à des uſages; ils nous plaiſent, & in-
fluent tellement ſur notre façon de voir
& de penſer, que nous croyons voir
par les yeux de la philoſophie, lorſque nous ne voyons que par ceux de
l'éducation: nous ne trouvons bons &
beaux les uſages des autres pays, que
quand ils ont au moins quelque conformité avec les nôtres.    Le pain, le
vin, nos mêts & leurs apprêts ſont de

fi bonnes chofes! n'eft-ce pas être imbécile, ftupide que de s'en tenir à la caffave, au chica, à des fruits, à des patates, à des chairs d'animaux, & de poiffons boucannés? Nous faifons parler ainfi notre éducation fous le nom de la philofophie. Cependant à confidérer notre Hémifphère, ou tout ce que renferme ce que nous appellons l'ancien Monde, avec des yeux vraiment philofophiques Mr. de P. y auroit vû que la Nature n'a pas tout ôté à l'Amérique pour le donner à notre continent. Il auroit vû dans celui-ci des Lapons, des Samoyedes, des Tartares, occupés de la chaffe des animaux pour trouver leur nourriture & leurs vêtemens; un climat livré au froid le plus vif & le plus vigoureux, où les fruits ni les grains, ni les arbres mêmes ne peuvent germer; où les hommes mille fois plus miférables, à notre façon de penfer, que ne le font les trois quart & demi des peuples de l'Amérique, n'offrent à nos yeux que le spectacle effrayant d'une terre maudite, & la nature humaine ainsi que l'animale absolument dégradée. D'un autre côté les déserts fabloneux & brulans de l'Afrique, ce fourneau où les hommes énervés femblent être par leur couleur, la victime & la proye du feu que la Nature y entretient toujour allumé.

Si je confidère nos climats tempérés j'y trouve des montagnes arides, toujours ou brulées par les rayons du foleil, ou livrées à la fureur des froids aquilons; leurs fommets menacer le ciel, & fe plaindre de n'avoir pas encore vû leurs têtes altières débaraffées de l'immenfe fardeau des glaces & des neiges qui les couvrent.

J'y vois à la vérité des plaines riantes & agréables, où le doux murmure des ruiffeaux s'unit au chant ra-

viſſant des oiſeaux pour flatter notre
ouïe, pendant que notre odorat eſt
charmé & nos yeux enchantés d'y voir
ces plaines émaillées de fleurs, couvertes de grains, d'arbres fruitiers, &
de troupeaux. Mais que produiroient-
elles d'elles-mêmes? des ronces & des
épines, quelques fruits agreſtes, dont
la ſaveur révoltante les feroit abandonner à des animaux, qui les dédaigne-
roient. Sont ce là ces pays de l'Amérique expoſés ſous les mêmes paralleles que les notres, ces pays où les
fleurs les plus ſuaves naiſſent ſans ceſſe
ſous vos pas, & où les fruits les plus
excellens, croiſſent dans la plus grande abondance, & ſans culture?

Quel privilege a donc notre continent ſur celui de l'Amérique? celui
d'être habité par des hommes condamnés à un travail ſans relâche; obligés
pour ſatisfaire leurs beſoins les plus
preſſans, de manger le pain même le

moins ragoutant, d'arroſer ſans ceſſe de leur ſueur & de leurs pleurs cette terre, le jouet d'un climat inconſtant, cette terre qui ne trompe que trop ſouvent leurs eſpérances, & dont la beauté riante eſt l'effet non d'une nature empreſſée, comme en Amérique de ſatisfaire les déſirs de ſes enfans; mais d'une nature forcée de rire d'une grimace convulſive, dont notre orgeuil & notre amour propre ont ſçu nous apprendre à nous contenter, qui plus eſt, à la trouver belle.

Ce ne ſont pas ces hommes vêtus d'or & de pourpre, dont l'indolence mollement étendue ſur le duvet, nargue les injures de l'air ſous des lambris d'or & d'azur; qui n'ouvrent les yeux que pour être éblouis par l'éclat du luxe dont ils ſont environnés, & ne tendent les mains qu'à des mets apprêtés pour irriter leur appetit émouſſé, ou pour ſatisfaire leur ſenſualité,

au

au dépens de la vie & du travail de ces hommes qui gémiſſent ſous le poid de leur cruelle tyrannie ; ce ſont ceux-cy qu'il faut conſulter : à eux appartient de comparer l'état du ſol de l'Améri-que & de ſes habitans avec l'état & la valeur de notre Continent. Croyez vous, Meſſieurs, que s'ils en étoient parfaitement inſtruits, ils diroient avec Mr. de P. que la Nature les à privile-giés ; qu'elle a tout ôté à l'Amérique pour le donner à la terre qu'ils habi-tent. Le penſerez vous vous mêmes ſur le portrait naif, ſincère que je vous en tracerai ci-après ſur le rapport d'Auteurs vrais, & ſur ce que j'ai vû moi-même ? Vous pourrez dire en-ſuite avec moi du tableau prétendû philoſophique de Mr. de P. ce qu'il dit (k) des Hiſtoriens Eſpagnols au ſu-jet du Pérou ; malheureuſement tout ce tableau, lorsqu'on l'examine avec

(k) Tom. II. p. 169.

B

attention, n'est qu'une fiction, un tiſſu de fauſſetés & d'exagérations, que nous avons entrepris de réfuter, pour nous conformer aux loix de l'hiſtoire, qui veut que l'on détruiſe toutes les erreurs ſpécieuſes, qui pourroient devenir des vérités hiſtoriques, ſi l'on continuoit de les adopter aveuglement.

Il n'eſt pas ſurprenant de trouver des rélations différentes entre elles ſur le même pays, & ſur les mêmes peuples : elles ont été écrites en différens tems ; les uſages avoient pu changer, ainſi que la ſuperficie du ſol, par la fréquentation des Européens, qui s'y ſont établis. Les naturels du pays ſe ſont ſouvent accommodés des façons de vivre & d'agir de leurs nouveaux hôtes ; ils ont ou quitté tout à fait leurs anciens uſages, ou les ont changés en partie : ainſi pour les anciennes coutumes, il faut s'en tenir aux anciennes rélations, & leur donner la

préférence fur les nouvelles, quand
elles ont les trois conditions requifes
pour une bonne hiftoire; qu'elles ayent
été compofées par des Auteurs dèsintéreffés dans leurs récits; que ces Auteurs n'ont point voulu fe jouer de la
vérité; & qu'à une bonne mémoire ils
joignoient affez d'intelligence & d'efprit pour bien raconter ce qu'ils ont
vû. Ceux que je citerai font exempts
de reproches à cet égard; on peut
compter fur les extraits qui formeront
le contrafte du tableau de l'Amérique,
que nous a préfenté Mr. de P.

J'accorde à cet Auteur qu'il peut
y avoir de l'exagération dans quelques
récits des Hiftoriens Efpagnols au fujet de l'Amérique; que fi tout ce qu'ils
difent de l'état politique du Pérou
avant l'arrivée de Pizarro, étoit vrai,
on feroit forcé d'avoüer qu'il y avoit
dans cette partie du nouveau Continent
une infinité de Villes fpatieufes, or-

B 2

nées d'édifices superbes; de campagnes fertiles, peuplées de beftiaux &
de cultivateurs, plongés dans l'abondance, des loix admirables; & ce qui
eft plus rare encore, des loix refpectées;
que fi l'on en croyoit à tous ces écri-
vains à peine eût on trouvé un peuple
qui eût joui d'une auffi grande félicité
que les Péruviens, fous le gouvernement des Incas.

Mais quelque mortifiant qu'il foit
pour l'amour propre, & la vanité des
Européens, de trouver dans un nouveau Monde des hommes qui les val-
lent à beaucoup d'égards; faut-il que
parcequ'ils fe croyent les plus éclairés,
les plus ingénieux, les plus fpirituels
& les plus raifonnables des hommes,
ce préjugé les aveugle au point de nier
tout; & de dire contre l'évidence
avec Mr. de P. (1) Si les Efpagnols
avoient trouvé tant de Villes dans ce

(1) Tom. II. p. 178.

pays là, il en resteroit les noms, mais on n'y apperçoit les débris d'aucune cité bâtie sous les Incas - - - quant à Cusco leur résidence ordinaire, il est très-vraisemblable qu'elle méritoit à peine le nom de Bourgade dans le tems de sa plus grande splendeur - - - le reste de l'Amérique n'étoit peuplé que de familles éparses qui n'avoient point de demeure fixe, & qui dans les hordes composées de quelques cabanes, trainoient la vie la plus misérable.

Lorsque Mr. de P. s'exprimoit à peu près dans les termes ci-dessus, il avoit lû le mémoire de Mr. de la Condamine sur quelques anciens monumens du Pérou, inseré dans les mémoires de cette Académie de l'année 1746. Mr. de P. le cite. (m) Mais il s'est bien donné de garde d'en rapporter le texte, trop opposé au projet formé par celui-ci, de décrier l'Amérique

(m) Tom. II. p. 179.

B 3

& ſes habitans.　Vous en jugerés,
Meſſieurs, par le court extrait de ce
mémoire que je vais vous lire.

　　„ Sans s'arrêter à un récit, dont
„ les circonſtances peuvent-être exagé-
„ rées, dit Mr. de la Condamine, on
„ ne peut nier à la vûë des ruines dif-
„ férentes qu'on rencontre encore au-
„ jourd'hui en différens endroits du
„ Pérou, que ces peuples, quoi qu'ils
„ n'euſſent ni l'uſage du fer, ni aucu-
„ nes connoiſſances des mécaniques,
„ de l'aveu de tous les Hiſtoriens,
„ n'euſſent trouvé le moyen de tranſ-
„ porter, d'élever & d'aſſembler, avec
„ beaucoup d'art, des pierres d'une
„ groſſeur prodigieuſe, & ſouvent de
„ figure irréguliere.　Le P. Acoſta,
„ témoin oculaire aſſure que [ces maſ-
„ ſes ne peuvent être vûës ſans étonne-
„ ment; & dit avoir méſuré lui-même
„ dans les ruines de Traguanaco, une
„ pierre de 38. pieds de long, ſur

„18. de large & 6. d'épaiffeur & qu'il „y en avoit de beaucoup plus grandes." Dire qu'ils ont fait tout cela avec *beaucoup d'art*, c'eft, à mon avis, avoüer que les Péruviens avoient quelques connoiffances des mécaniques. Les preuves que Mr. de la Condamine donne enfuite de leur habileté dans les arts, de leur adreffe dans l'exécution des piéces de fculpture, d'orfévrerie &c. ne détruifent pas moins l'idée que Mr. de P. s'efforce envain de nous infpirer de l'ignorance craffe, de la mal-adreffe, de l'ineptie & de l'indolence étrange des Américains. C'eft d'après fes propres yeux que Mr. de la Condamine va vous parler. Je crois devoir prévenir le lecteur, dit ce favant, dont la fincérité égale, les vaftes connoiffances. Je crois devoir prévenir le lecteur que la defcription que je vais faire des ruines voifines de Cannar, peut bien donner une idée de

B 4

la nature, de la forme & peut-être de la folidité des Palais & des Temples bâtis par les Incas. mais non de leur étenduë ni de leur magnificence.

Il y avoit donc au Pérou, des Villes, des Palais, des Temples; dont les matériaux avoient été tranfportés, élévés, affemblés avec beaucoup d'art; des Palais & des Temples de la magnificence defquels la defcription de Mr. de la Condamine même ne peut donner l'idée, des cités d'une vafte étenduë, dont les noms & les ruines fubfiftent en partie, dont une extrêmité eft encore occupée par les Indiens, fuivant le rapport du Pere Feuillée, & de Frézier; je ne donnerai pas ici la defcription de Mr. de la Condamine, on peut la lire dans le mémoire même. On y verra que Mr. de P. eft un peu trop difficile; & que plus des trois quarts & demi des grandes Villes du monde ne feroient au fentiment de

Mr, de P.; qu'un affemblage de miférables cabanes, qui mériteroient à peine le nom de Bourgades.

Les Auteurs que j'ai cités les ont vûës fans doute au microfcope; car comment des hommes ftupides, indolens, dégénérés de la nature humaine, à qui il n'en reftoit que la figure; & à qui la Nature par grace & par pitié avoit bien voulu laiffer l'inftint; comment ces animaux qui n'étoient fupérieurs aux autres que par l'ufage de la langue & des mains, auroient-ils pû avoir l'idée de fe bâtir d'autres habitations que des tannieres, ou tout au plus des cabanes, pour fe mettre à l'abri des injures de l'air & de la voracité cruelle des bêtes féroces? auffi Mr. de la Condamine & tant d'autres ont-ils été faifis d'admiration à la vûë des productions de cet inftinct, qui avoit fait d'auffi belles chofes que l'induftrie & l'adreffe de nos meilleurs

B 5

Ouvriers.    Car pour donner cette
convexité réguliere & uniforme à toutes ces pierres, dit Mr. de la Condamine, & pour polir fi parfaitement
les faces intérieures par où elles fe
touchent, quel travail, quelle induftrie
ont dû fuppléer à nos inftrumens, chés
des peuples qui n'avoient aucun outil
de fer, & qui ne pouvoient tailler des
pierres plus dures que le marbre
qu'avec des haches de caillou, ni les
applatir qu'en les ufant mutuellement
par le frotement?    Ces pierres font
une efpèce de granit, & il n'y a aucun
ciment dans les joints.    On fent que
le défaut du fer & de l'acier a dû fouvent les arrêter - - - Ils ont heureufement furmonté ces obftacles - - - Le
plus habile tailleur de pierre d'Europe,
quelque adreffe qu'on lui fuppofe, feroit fans doute fort embarraffé à creu-
fer ainfi un canal courbe & régulier
dans l'épaiffeur d'un granit avec tous

les sécours de l'art & les meilleurs instrumens de fer & d'acier: à plus forte raison sera-t-il difficile d'imaginer comment les anciens Péruviens ont pu y réuffir avec leurs haches de pierre ou de cuivre, telles qu'on en a trouvé dans les anciens tombeaux, ou avec d'autres outils équivalens, & fans équerre ni compas.

Mais cet inftinct, fi nous en voulions croire Mr. de P. n'avoit pas même montré aux Américains à faire de la brique, & à en bâtir leurs maifons. Cependant dans le Pérou & dans le Chili les matériaux ordinaires des bâtimeus particuliers étoient faits de ce qu'ils appellent des *Adoves*, c'eft à dire, des briques d'environ deux pieds de long fur une de large, & de quatre pouces d'épaiffeur pour le Chili: celles du Pérou étoient formées dans un plus petit moule, à caufe, dit Frézier, qu'il n'y pleut jamais.

Il eſt vrai que quelques ruines des édifices bâtis par les Indiens préſentent des murs bâtis avec de la terre battue entre deux planches en forme de grandes briques, maniere d'élever des murs qui n'étoit point en uſage dans l'Amérique ſeule, puiſque Vitruve nous apprend que les Romains bâtiſſoient ainſi. C'eſt encore la pratique de pluſieurs provinces de France, où l'on appelle ces murs, des murs de *Piſet.* On y a recours auſſi dans beaucoup d'autres pays d'Europe, lorſque la pierre & la brique y ſont rares, ou que l'on y veut bâtir à moins de fraix.

Frézier n'admiroit pas moins cet inſtinct dans les ouvrages des anciens peuples de l'Amérique, (o) ces hommes ſtupides aux yeux de Mr. de P. étoient à ceux de Frézier des gens, dit-il, extrêmement induſtrieux à

(o) p. 131.

conduire les eaux des rivieres à leurs
habitations. On voit encore ( en
1713.) des aquéducs de pierres fêches,
& de terre, menés & détournés
fort ingénieusement le long des cot-
teaux, par une infinité de réplis
& de détours ; ce qui fait voir que
ces peuples tout grossiers qu'ils
étoient, entendoient très-bien l'art
du nivellement. On peut voir encore
ce que le P. Feuillée & Mr. Ulloa
disent des ruines des anciennes Villes
du Pérou.

Je n'apporterai pas en preuves les
rélations des anciens Auteurs Espagnols, Mr. de P. récuseroit leur témoignage. Mais je ne crois pas qu'il
en fasse de même de celui de Mr.
Briftock, Gentil-homme Anglois.
Ceux de cette nation n'ont pas coutu-
me de flatter dans leurs rélations.
Les Américains connus fons le nom
d'Apalachites n'étoient pas plus abru-

tis, ni plus ftupides que ceux du
Pérou. Mr. de P. eût admiré, dit-il,
le gouvernement, les loix des Incas
& la félicité des Péruviens, fi tout
cela eût exifté, qu'il l'admire donc
chez les Apalachites. Mr. Briftock
étoit dans leur pays en 1653. &
y eft refté affez longtems pour fe
mettre au fait de leurs anciens &
de leurs nouveaux ufages. Sa rélation forme les chapitres 7. & 8. du
fecond livre de l'hiftoire naturelle
& morale des Iles Antilles par le
Chevalier de Rochefort. Il nous
apprend que le Pérou & le Méxique
n'étoient pas les feuls pays du nouveau Continent, où il y eût an-
ciennemenr des Villes. Celui des
Apalachites étoit habité par un peuple
civilifé. Il étoit alors partagé en fix
provinces, dans chacune defquelles il
y avoit rarement plus d'une grande
Ville mais beaucoup de petites. Du

tems de Mr. Briftock, les chofes étoient encore fur le même pié. Quelques unes, dit-il, font compofées de plus de huit cent maifons: celle de Mélilot, qui en eft la capitale, en a plus de deux mille. Le Roi des Apalachites y fait encore fa réfidence. Le Temple ou les Jouas Sacrificateurs du foleil font leurs cérémonies, eft une grande & fpatieufe caverne, ovale, longue d'environ deux cents pieds, large à proportion, fitué à l'Orient de la montagne d'Olaimy, en la province de *Bémarin*, à une lieue de Mélilot. Au milieu eft une grande lanterne, par où il reçoit le jour. La voute eft parfaitement blanche, ainfi que le dedans. Le pavé eft uni comme du marbre poli, tout d'une piéce; le tout ayant été creufé dans le roc.

On voit encore aujourd'hui au pied de cette montagne, les tombeaux

de plufieurs de leurs Rois taillés dans
le roc, au devant de chacun s'élève
un beau cèdre, pour en indiquer la
place.

Les maifons des Apalachites font
toutes bâties de poutres, ou pieces
de bois très bien affemblées, & liées
les unes aux autres. Les couvertures
font de feuilles de rofeaux, ou de
jonc, comme le font de chaume celles
de beaucoup d'endroits de l'Europe.
Celles des chefs, & des principaux
font enduites & encroûtées d'un maftic,
qui réfifte à la pluye. Le pavé eft fait
du même ciment. Ils y mêlent un
fable doré qui produit un effet merveilleux, & y donne un éclat admirable. Leurs appartemens font tapiffés
de nattes tiffues de feuilles de palmier,
& de jonc, teints de diverfes couleurs,
& arrangés par compartimens. Les
chambres des chefs font tapiffées de
fourrures, ou de peaux de cerfs pein-
tes,

tes, & repréfentant diverfes figures.
Quelques unes font décorées de plumes
d'oifeaux très induftrieufement arrangées en forme de brodérie.

Voila donc au moins trois pays
très-confidérables de l'Amérique, où
les naturels ne vivoient pas par
hordes de familles éparfes & vagabon-
des. Une colonie françoife fut s'établir chez les Apalachites, fous la
conduite du Capitaine Ribaud & fous
les Aufpices de Charles IX. C'eft
pourquoi elle nomma Caroline l'efpece
de forterefle qu'elle y éléva. Ribaud
donna aux ports & aux rivieres de ce
pays-là, les noms des ports & des rivieres de France, qu'ils ont encore
aujourd'hui. Cette colonie trouva les
Apalachites tels que va vous les dé-
peindre Mr. Briftock.

Tout ce pays eft divifé en fix provinces, dont trois *Bémarin, Amani*
& *Matiqué*, occupent une des plus

C

belles & fpatieufes vallées entourée
des moncagnes d'Apalates. Les trois
autres font *Schama, Méraco & Acha-
laques*, qui s'étendent dans les montagnes. Les habitans de celles-ci ne
vivent prefque que de chaffe. La val-
lée a foixante lieues de long & dix de
large. Les Villes & Villages font
bâtis fur les petites éminences; le
pays abonde en bois de toutes fortes,
en fruits, légumes, herbes potageres,
mil, mays, lentilles, pois, &c.
Quadrupèdes, oifeaux de toutes fortes.
Les hommes y font de grande ftature,
bien faits, ils compofent un peuple,
dont les mœurs font douces, vivant en
fociété dans des Villes & des bourgades & dans la plus grande union.
Tous les immeubles font communs
parmi eux, excepté leurs maifons &
leurs jardins. Comme ils cultivent
leurs champs en commun, ils en par-
tagent les fruits, après les avoir dépo-

fés dans des greniers publics placés au milieu de chaque Ville & Village. Ceux qui font prépofés pour la diftribution, la font au renouvellement de chaque lune, & donnent à chaque famille fuivant le nombre des perfonnes, dont elle eft compofée, autant qu'il en faut pour fon néceffaire.

L'union eft fi grande parmi eux, qu'on voit dans la même maifon, un vieillard avec fes enfans, & fes petits enfans, jufqu'à la quatrieme génération, au nombre de cent perfonnes & quelquefois davantage. Ils font d'un naturel fort aimable, ne fachant quelles careffes faire aux étrangers, quand ils les réconnoiffent pour amis, & préfentant tout ce qu'ils ont, à la maniere des grands Tartares, & des Circaffiens, pour le feul plaifir d'obliger. On trouve le même efprit d'hofpitalité chez prefque toutes les autres nations de l'Amérique, même

C 2

chez les Brèsiliens, qui ont paſſé pour être les moins humains. C'eſt encore une choſe que la Nature n'a pas ôté à l'Amérique pour la donner à l'Europe; car nous n'avons que le maſque très imparfait de la véritable hoſpitalité, & les Américains en ont la réalité dans toute ſon étenduë.

Les Apalachites aiment paſſioné- ment la muſique & les inſtrumens, qui rendent quelque harmonie. Preſ- que tous jouent de la flute, & d'un eſpèce de haut-bois. Ils ſont éper- dument amoureux de la danſe, & y prennent mille poſtures ſingulieres, dans l'idée que cet exercice diſſipe toutes les humeurs, leur donne une grande ſoupleſſe pour la chaſſe, & beaucoup d'agilité pour la courſe.

Leur voix eſt douce, belle, flexi- ble. Ils s'étudient à imiter le chant des oiſeaux & y réuſſiſſent parfaite- ment. Leur langage eſt doux, leurs expreſſions énergiques & préciſes, leurs périodes laconiques. Dès le bas âge ils apprennent des chanſons compoſées par les Jouas en l'honneur du ſoleil, comme pere de la Nature & y font entrer le récit des exploits de leurs chefs, pour en perpétuer la mémoire.

Pluſieurs familles Eſpagnoles & Angloiſes ſe ſont établies parmi les Apalachites; mais quoiqu'ils ſe fréquentent depuis longtems, ceux-ci n'ont rien changé de leur maniere de vivre, de leurs uſages, ni de la forme de leurs habillemens. Leurs lits ſont élevés d'un pied & demi de terre, couverts de peaux apprêtées, douces comme du chamois. Ils y peignent des fleurs, des fruits & des groteſques, réhauſſées de couleurs ſi vives, qu'on les prendroit de loin pour des tapis de haute liſſe. Les chefs couchent ſur des matélats faits d'une eſpè-

ce de duvet auſſi doux que de la ſoye;
ils le tirent d'une plante.   Les lits du
commun ſont faits de feuilles de fou-
gere, parcequ'ils prétendent qu'elles
ont la propriété de délaſſer le corps,
& de réparer ſes forces épuiſées par la
chaſſe, ou par le travail.

Ceux de la plaine & des vallées
alloient anciennement nuds de la cein-
ture en haut pendant l'Eté, & portoient des manteaux fourrés pendant
l'Hyver.   Aujourd'hui la plûpart ont
en Eté, des habits d'une toile légère
de cotton, ou d'une herbe apprêtée
& filée comme le lin.   Ordinairement
les hommes & les femmes ne portent
qu'une caſaque ſans manches, ſur un
petit habit de chamois très fin.  Cette
caſaque deſcend juſqu'au gras de la
jambe aux hommes, & juſqu'à la cheville du pied des femmes.   Elle eſt
aſſujettie ſur les reins par une ceintu-
re de peau ou cuir, travaillée & ornée

d'un petit ouvrage en forme de broderie. Les chefs de famille mettent par
deſſus un manteau qui ne leur couvre
que les épaules, le dos & les bras;
mais qui aboutit par derriere en une
pointe allongée juſqu'à terre, & fait
à peu près l'effet des écharpes que nos
Dames françoiſes portoient encore au
commencement de ce ſiécle. On leur
a fait ſuccèder les cappes dans quelques
pays, & le mantelet dans d'autres.
Hommes & femmes Apalachites tous
ſont curieux d'entretenir leur chevelu-
re toujours nette & joliment treſſée.
Les femmes l'arrangent en forme de
guirlande ſur le ſommet de la tête;
les hommes ſe couvrent de bonnets de
peaux de loutres noires & luiſantes,
découpés en pointe ſur le devant,
ornés par derriere de belles plumes
d'oiſeaux, arrangées de maniere qu'une
partie de cette panache deſcend ſur les
épaules. Les femmes ſe percent les

oreilles, & y mettent des pendans de criſtal, ou d'une pierre verte, qui a l'éclat de l'émeraude. Elles en font auſſi des colliers & des bracellets, pour les porter les jours de réjouiſſan- ce, ainſi que de corail & d'ambre jaune dont elles font aujourd'hui grand cas.

Pour ſe garantir de la vermine, ils s'oignent ſouvent tout le corps avec le ſuc d'une racine, dont l'odeur eſt auſſi ſuave que l'eſt celle de l'Iris de Flo- rence. Ce ſuc a encore la propriété de donner de la ſoupleſſe aux nerfs & aux muſcles, d'adoucir la peau, de lui donner de l'éclat, & de fortifier tous les membres. L'exercice & ces onctions jointes à une grande ſobriété, leur procurent une ſanté ferme & vi- goureuſe, qui dément la prétenduë dégradation que Mr. de P. attribue à tous les Américains.

Quoique la vigne croiſſe natu- rellement chez les Apalachites, leur

boisson ordinaire est de l'eau pure;
mais dans les festins de pompes &
de réjouissance, ils boivent d'une
espèce de bierre faite avec le mays,
ou d'un hydromel si bon, qu'on
le prendroit pour du vin d'Espagne. Quelques peuples de l'Amérique Septentrionale ont la réputation
d'être fort paresseux : mais les Apalachites ont en horreur l'oisiveté; le
travail y produit l'abondance. Le
tems des sémailles & des moissons
est-il passé, tous les hommes & femmes s'occupent à filer du cotton, de
la laine; ou l'herbe dont j'ai parlé.
Ils fabriquent des toiles, & des
étoffes. D'autres font de la poterie
de terre émaillée de diverses couleurs,
& des vases de bois, qu'ils peignent
joliment; d'autres enfin font des cor-
beilles, des paniers, & plusieurs
ouvrages avec une dextérité mer-
veilleuse.

C 5

Outre les Chataigners & les Noyers, qui croissent naturellement dans ce pays-là, on y voit des Orangers, des Citronniers, diverses espèces de Pommes, des Cérises, des Abricots, que les Anglois y ont portés, & qui s'y font tellement multipliés, qu'ils y foisonnent, pour prouver, ce semble, à Mr. de P., que tout ne dégénère pas dans le sol de l'Amérique, & qu'il n'est pas si ingrat qu'il voudroit nous le faire croire.

Les François révenus de la Louisianne lui prouveroient aussi par leur propre expérience, que ce pays-là est des plus sains, des plus fertiles & des plus beaux du monde. C'est le témoignage que nombre d'entre eux m'ont rendû, en gémissant de ce que la France l'a cédée à l'Espagne. Ces régrets sont vraisemblablement un des motifs qui ont déterminé les François, qui y sont restés, à faire tous leurs

efforts pour fécouer le joug de la domination Efpagnole, & rentrer fous
celle de France.

Voila donc, Meffieurs, un peuple civilifé en Amérique, vivant dans
des Villes & dans des Villages avant
l'arrivé des Européens; des Villes
dont on a non feulement confervé
les noms, mais qui exiftoient encore en 1653. lorfque Briftock y
faifoit fon féjour. J'aimerois mieux
croire que Mr. de P. n'ayanr pas
tout lû, ni tout vû en a ignoré
l'exiftence, que de penfer, qu'il ait
voulu, contre la vérité, en anéantir jufqu'à la mémoire. Celles du
Méxique & du Pérou, font difparues
à fes yeux: il n'a vû dans leurs
ruines que des chaumieres. Le
Pere Feuillée ou avoit de meilleurs
yeux, ou n'avoit pas le talent de
Mr. de P. pour les faire difparoître à
fon approche. Il nous apprend qu'il

y avoit encore de fon tems (en 1709.)
fur le chemin de Callao à Lima, dans
les belles plaines qui le bordent, des
veftiges d'une ancienne Ville Indienne,
que les Efpagnols ont détruite, & qui
avoit jufqu'à cinq lieuës de longueur;
qu'un petit nombre d'Indiens occupoit
encore une des extrèmités. Si un
terrein de cinq lieuës de long, couvert
de maifons, mérite à peine le nom de
bourgade, au fentiment de Mr. de P.,
Nanquin, qui, dit-on, occupe près
de quinze lieuës, fera donc peut-être
la feule, à qui il fera la grace de donner le nom de Ville.

Le portrait que nous venons de
faire des Apalachites, & de leur pays,
eft bien capable de faire révenir de
l'idée dèfavantageufe, que cet Auteur
à tenté de donner de l'Amérique & de
fes habitans naturels. Cette efpèce
de République ou de Royaume des
Apalachites, où regne une entière

liberté, paroit même bien supérieure
à celle des Indiens asservis par les
Jésuites au Paraguai ; & n'en paroîtra
que plus chimérique à Mr. de P.
Dira-t-il pour soutenir son assertion,
que la rélation de Mr. Bristock est une
fable, un tissu de faussetés, comme il
l'a dit des rélations Espagnols? alors
je lui répondrai ce qu'il dit lui-même : (q) *nier tout ce qu'on lit dans*
*les rélations les plus véridiques, ou*
*les moins suspectes, des Ata-apas*
*de la Louisianne, des anciens Caraïbes*
*des Iles, des Tapuiges du Brésil, des*
*Cristinaux, des Pampas, des Pé-*
*guanchez, des Moxes, ce seroit éta-*
*blir un Pyrrhonisme historique insensé.*

　　Après un tel aveu ceux qui ont vû
ces rélations n'ont-ils pas lieu d'être
surpris de les voir traitées de chime-
res & de faussetés, dans tout l'Ouvrage de cet Auteur.

　　(q) Tom. I. p. 232.

Permettez, Meſſieurs, que je mette devant vos yeux quelques extraits ſuc- cints de ces relations non ſuſpectes. Pour y mettre un certain ordre, je les diſtribuerai en quatre paragraphes. Le premier aura pour objet la qualité du ſol de l'Amérique ; le ſecond les qualités perſonnelles phyſiques ; le troiſiéme les qualités morales de ſes habitans ; & le quatriéme celles des animaux, ſoit naturels au pays, ſoit tranſportés d'Europe.

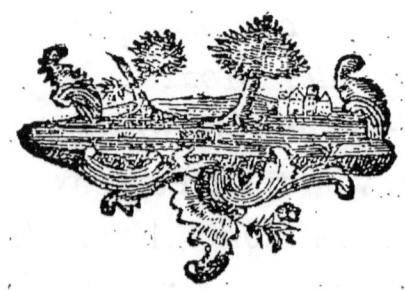

# SECONDE PARTIE.

## §. I.

### *Du Sol de l'Amérique.*

Ce pays que la Nature a pris en
aversion, à qui elle ne difpenfe
qu'à regret quelques uns de fes dons,
fi nous en voulions croire Mr. de P.
eft le même dont le Pere Feuillée parle
dans les termes fuivans. (r)

Une difpofition fi admirable du
terrein me fit faire plufieurs réflexions
fur les avantages que cette partie du
monde a fur les autres. Il femble que
la Nature fe foit étudiée à la rendre
la plus parfaite, & que c'eft là où elle
a voulû faire fes chefs - d'œuvres.
Avouons, Meffieurs, que c'eft en avoir
une opinion bien différente de celle

(r) P. 578.

qu'en a Mr. de P. J'ai vû au Pérou
ajoûte le Pere Feuillée, & je n'ai pas
vû fans étonnement, des oranges mû-
res & encore fur l'arbre, renfermer
des fémences, qui avoient germé &
dont le germe avoit deux pouces fix
lignes de longueur. (s) J'ai vû, Meffieurs, au Paraguai ce que le Pere
Feuillée dit avoir vû au Pérou (t) j'ai
vû dans la maifon de campagne du
Gouverneur de Monte video, un Ver-
ger, qu'il appelloit *Bois*, de près
d'une lieuë de longueur, tout planté
de Pommiers, Poiriers, Pechers &
autres arbres fruitiers à Noyaux, tranfportés d'Europe. Ces arbres y avoient
fi bien réuffi que tous y étoient furchargés de fruits, au point que la
plûpart des branches étoient rompues
pour n'avoir pas eu la force d'en fur-
porter le poids. Fàché de voir perdre

(s) P. 490.
(t) P. 573.

une fi grande quantité de fruits excellens, je confeillai au Gouverneur, d'en
étayer les branches, ou de retrancher
une partie de ces fruits dans la faifon
où ils commencent à groffir, pour favorifer la confervation & la maturité
des autres. Peine fuperflue, me dit-il,
il en refte encore une fi grande quantité tous les ans, que ce bois en fournit abondamment à toute la ville,
pour en manger dans la faifon & pour
en conferver de fecs, & de confits
au fucre.

Ce même Gouverneur avoit dans
la cour de fa maifon de ville, une
treille, où les raifins venoient en
abondance & très bons. Il avoit
effayé de planter une vigne dans fa
campagne; mais les fourmis s'y ren-
doient en fi grande abondance, dans
le tems qu'elle étoit en fleurs, & en
maturité, qu'il n'avoit pu réuffir à re-
cueillir affez de vin pour le dédomager

D

tant foit peu des peines de la culture.

Le froment & le feigle y venoient fi bien, que nous y avons mangé du pain à un prix auffi modique qu'en France, dans les meilleures années; & nous y fimes une copieufe provifion d'excellente farine, à très bon marché. Mr. de P. eft-il donc croyable, quand il nous affure que le froment & le feigle n'ont pu réuffir qu'en quelques cantons de l'Amérique Septentrionale & que les arbres fruitiers d'Europe n'ont profperé que dans l'Ile de Juan Fernandez? j'ai vû auffi de mes propres yeux, dans le jardin du Gouverneur de l'Ile Ste. Caterine, au Brefil, des Amandiers furchargés de fruits. Frézier, témoin oculaire par un féjour de deux ans, parle du Chili dans ces termes: les arbres qu'on y a tranfportés d'Europe (aux environs de Valparaiffo) réuffiffent parfaitement dans ces contrées. Le Climat y eſt ſi fertile, quand la terre y eſt arroſée, que les fruits y pouſſent toute l'année. J'ai vû ſur le même Pommier ce que l'on voit ici (en France) ſur les Orangers, du fruit de tous les âges en fleurs, noués, des pommes formées, des pommes à demi groſſes, & des pommes en maturité tout enſemble. (v) J'étois charmé d'y voir une ſi grande quantité de ſi beaux fruits, qui y viennent à merveille, particulierement des pêches, dont il ſe trouve des petits bois, qu'on ne cultive pas; & où l'on ne prend d'autres ſoins que celui de faire couler des petits ruiſſeaux aux pieds des arbres. Aux environs de la Ville de Moquaquos, dans un terrein très petit, on récueille tous les ans 100000 *botiches* de vin qui font plus de trois millions deux cent pintes, meſure de Paris, qui, à vingt cinq

(v) P. 105.

D 2

réaux la botiche, donnent quatre cent
mille piaftres, c'eft à dire, à préfent
un million fix cent mille livres, monnoye de France.

Mr. de P. avoit lû les relations du
Pere Feuillée, & de Mr. Frézier;
puifqu'il les cite; mais il n'a pas vû
les pays dont ils parlent, avec dès
yeux auffi dèsintéreffés. Ses réflexions
qui auroient pu être un peu plus philofophiques, lui ont fait oublier ce qu'il
avoit lû dans les relations de ces Auteurs, & l'ont malheureufement déterminé à parler contre la vérité.

Que Mr. de P. fe donne la peine
d'aller voir de fes propres yeux les
pays dont ces Auteurs font la defcription. Enchanté & dans une efpèce
d'enthoufiafme, il changera d'opinion; il dira avec Frézier: (x) ce feroit peu pour un fi bon pays, fi la
terre étoit cultivée: elle eft très fer-

(x) P. 70.

fertile, & si facile à labourer, qu'on
ne fait que la gratter avec une charrue
faite le plus souvent, d'une seule bran-
che d'arbre crochue, tirée par deux
bœufs: & quoique le grain soit à peine
couvert, il ne rend gueres moins du
centuple. Ils ne cultivent pas les
vignes avec plus de soins, pour avoir
du bon vin... Cette fertilité & l'a-
bondance de toutes choses, dont on
jouit à Lima, ne contribue pas peu au
tempérament amoureux, qui y regne.
On n'y éprouve jamais l'intempérie de
l'air, qui conserve toujours un juste
milieu entre le froid de la nuit, & la
chaleur du jour. Les nuages y couvrent ordinairement le ciel, pour garantir cet *heureux Climat* des rayons
que le soleil y darderoit perpendicu-
lairement. Ces nuages ne se changent
jamais en pluye, qui puisse y troubler
la promenade, ni les plaisirs de la vie.
Ils s'abaissent seulement quelquefois

D 3

en brouillards, pour rafraîchir la furface de la terre; de forte que l'on y eft toujours affuré du tems qu'il doit faire le lendemain. Si le plaifir de vivre dans un air toujours également tempéré, n'étoit troublé par les fréquens tremblemens de terre, je ne crois pas qu'il y aît de lieu au monde plus propre que celui-là, à nous donner une idée du Paradis terreftre; car la terre y eft encore fertile en toutes fortes de fruits. (y)

Voila, Meffieurs, un des cantons de ce pays fi abandonné de la Nature, & fi peu favorifé d'elle; & de combien d'autres pourroit-on avec raifon, faire les mêmes éloges, s'ils nous étoient connus? écoutons encore, Frézier, lorfqu'il parle de *Coquimbo*, ou la *Serena*, éloigné de Lima d'une très grande diftance.

(y) P. 208.

On y jouit toujours d'un ciel doux & ſerein, dit cet Auteur. Ce pays ſemble avoir conſervé les délices de l'âge d'or. les Hyvers y ſont tièdes; les rigoureux aquilons n'y ſouflent jamais; l'ardeur de l'Eté y eſt toujours tempérée par des Zéphirs rafraîchiſſans, qui viennent adoucir l'air, vers le milieu du jour. Ainſi toute l'année n'eſt qu'un heureux Hymen du Printems & de l'Automne, qui ſemblent ſe donner la main pour y regner enſemble, & joindre les fleurs avec les fruits: de ſorte qu'on peut dire avec plus de vérité, ce que Virgile dit autre fois d'une province d'Italie.

*Hic ver aſſiduum, atque alienis menſibus Æſtas,*
*Bis gravidæ pecudes, bis Pomis utilis arbos.*
*At rabidæ Tigres abſunt & ſæva Leonum*
    *ſemina.* (z)
       GEORG. L. 2.

(z) Ce dernier article convient ſeulement aux pays les plus méridionaux, & les plus ſeptentrionaux de l'Amérique.

D 4

Ces extraits pourroient fuffire pour
convaincre Mr. de P. du tort qu'il a
eu de décrier l'Amérique, comme il
l'a fait. Mais il ne s'eft pas laffé d'in-
fifter là - deffus, & diroit peut - être,
que quelques cantons exceptés ne prouvent pas affez contre fon affertion.
Voyons donc fi Mr. de P. eft mieux
fondé à l'égard des autres pays du nouveau Continent.

En parlant du terrein des Iles Antilles, le Chevalier de Rochefort qui
nous en donne une rélation très cir-
conftanciée, fous le titre d'*Hiftoire
naturelle & morale* de ces Iles, nous
affure (a) que fans vouloir faire tort
aux autres pays du monde, les Antilles
poffedent fans contredit (b) tous les
rares avantages des autres pays, elles
ne fourniffent pas fimplement une

(a) P. 76.
(b) Il ne prévoyoit pas qu'il prendroit envie à
     Mr. de P. d'affurer le contraire.

agréable variété de fruits excellens,
de racines, d'herbages, de légumes,
de gibiers, de poiſſons & d'autres délices, pour couvrir les tables de ſes
habitans, elles abondent encore en un
grand nombre d'excellens remedes.
La racine de maniot, dont on y fait
la caſſave, qui leur tient lieu de pain,
eſt ſi féconde dans tous les lieux de
l'Amérique, où on la cultive, qu'un
arpent de terre qui en eſt planté, nour-
rira plus de perſonnes que ſix enſemen
cés en Europe, du meilleur froment.

La terre, ajoûte cet Auteur, y eſt
auſſi belle, auſſi riche, & auſſi capable de produire qu'en aucun endroit de
France; la vigne vient fort bien en
ces Iles & donne d'excellens raiſins;
mais le vin qu'on en feroit ne feroit
pas de garde. Le froment qui demande à être hyverné n'y forme que des
épics; l'orge y viendroit à merveille.
Mais quand tous ces grains y vien-

D 5

droient en parfaite maturité, les habitans qui ont prefque fans peine le
maniot, les patates, le mays & divers efpèces de légumes, ne voudroient
pas prendre la peine & le foin qu'il
faut pour cultiver les grains. L'air y
eft tempéré; les chaleurs n'y font pas
plus grandes qu'en France; & depuis
huit heures du matin, jufqu'à quatre
heures du foir, il y regne un vent
doux & frais, qui tempère la chaleur
& la rend très fupportable.

*Et jamais en ces bords de verdure embellis*
*L'Hyver ne s'y montra, qu'en la neige des lys.*

Cette terre fi ingrate dans l'opinion de Mr. de P. a cependant fur la
nôtre l'avantage de produire le *Pa-
Payer*, le Coqs & beaucoup d'autres,
qui donnent des fruits tous les mois de
l'année, (c) & d'un goût exquis.
Avons nous dans nos climats des ar-

Hift. Nat. des Antilles p. 59.

bres naturels au pays, qui exhalent une
odeur auſſi ſuave que les feuilles du
bois d'Inde, que le Saſſafras, & tant
d'autres? Les feuilles du bois d'Inde
donnent à la viande avec laquelle on
les fait cuire, un goût ſi rélevé, qu'on
l'attribueroit plutôt à un mélange de
pluſieurs fortes d'épices, qu'à une ſim-
ple feuille d'arbre. Je ſuis toujours
ſurpris qu'on ne s'aviſe pas d'en tranſ-
porter en Europe, pour ſuppléer aux
épices des Indes orientales. (d)

A la Cayenne & à la Guyanne la
terre eſt très bonne, facile à cultiver, & ſi fertile, dit Biet, (e) que
les végétaux & les arbres, qu'on y a
tranſportés, y pouſſent en ſix mois
autant que nos bois taillis en ſix ou
ſept ans, Les fruits de toutes eſpèces

(d) L'écorce de Winter du détroit de Magellan
y ſuppléeroit également.

(e) Voyage de la France équinoxiale par Biet
p. 334.

fe fuccèdent toute l'année. (f) La
chaffe eft fi facile & fi abondante que,
fourniffant aux naturels du pays, tout
ce qui leur eft néceffaire à la vie, ils
ne veulent s'affujettir à apprivoifer aucune efpèce d'animaux - - on y trouve
une quantité prodigieufe d'oifeaux;
prefque tous ont le plumage d'une
beauté raviffante.   Les perdrix y font
grifes, mais groffes comme de bons
chapons, bien charnues & de bon
goût.   Ceux qui revoquent tout en
doute, auront de la peine à croire ce
que je dirai de la pêche, fi prodigieufe
dans ce pays - là, qu'il faut le voir pour
le croire.   Le poiffon y eft fi excellent, ajoûte cet auteur, que je puis
dire avec vérité, qu'il furpaffe de
beaucoup en bonté celui de nos côtes
de France. (g) Jugez donc, dit Biet,
fi ce pays eft fi mauvais, & s'il n'y a

(f) ib. 337.
(g) ib. 346. 351.

pas moyen d'y bien vivre & d'y bien
subsister.

Biet avoit fait un long séjour
dans ce pays-là, lorsqu'il en parloit
ainsi, si Mr. de P. l'eût vû autrement
que dans les Cartes, il en eût rendû
le même témoignage. J'ai vû moi-
même au Bresil, la terre produire sans
culture toutes sortes de fruits les plus
beaux & les plus excellens. J'ai vû
ses habitans passer leurs jours, par
cette raison, dans la plus grande oisiveté, ne se croyant pas sans doute issus
d'Adam, & condamnés avec sa race,
à manger leur pain à la sueür de leur
front.

Si nous consultons l'Atlas historique de Guedeville nous trouverons
T. VI. p. 86. que si la navigation pouvoit être libre depuis Québec jusqu'au
lac Erié, qui a deux cent trente lieuës
de tour, on en feroit le plus fertile
Royaume du monde: parceque outre

les beautés naturelles, qui y font, on trouve auffi des mines d'argent à vingt lieuës dans les terres. Le Climat en eft très beau, ajoûte cet Auteur, les bords de ce lac font plantés partout de Chênes, d'Ormeaux, de Chataigniers, de Noyers, de Pommiers & de Treilles, qui portent leurs grapes jufqu'au fommet des arbres, fur un terrein agréable & uni. Les bois & les vaftes prairies qu'on découvre du côté du Sud, font remplis d'une quantité prodigieufe de bêtes fauves & de poules d'inde. Les bœufs fauvages fe trouvent fur les bords de deux belles rivieres, qui fe déchargent au fond du lac.

L'Acadie, fuivant le même auteur, eft un pays fertile, très-beau, fon Climat affez tempéré; l'air y eft pur & fain, les eaux claires & légères.

Trouvons-nous en Europe comme au Méxique, un arbre comme le Maquéi ou Maguai, qui vaut lui feul une

petite métairie; puisqu'il fournit à la
fois du vin, du vinaigre, du miel,
du fil, des aiguilles, des toiles & du
bois propre à bâtir & à brûler.    Il ne
lui manque que le pain, auquel les habitans suppléent par le cacao, le mays,
& mille autres grains ou fruits.    Les
brebis, les truyes, les chêvres, multiplient deux fois l'an dans ce beau
pays, & tous les quadrupèdes y foisonnent en si grande quantité, qu'on est
obligé d'en tuer, pour le commerce
des peaux, & des cuirs, & l'on y
abandonne comme au Paraguai, les
animaux écorchés aux bêtes & aux
oiseaux de proye. (*)

Je pourrois ajoûter ici, ce que
Marggraf, Pison & tant d'autres ont
dit du Méxique, du Brésil, de la
Louisianne & des autres pays de l'Amérique septentrionale; mais ces témoignages quoique non suspects, de-

(*) ib. p. 102.

viendroient fuperflus. Je laiffe aux
perfonnes inftruites des qualités du
terrein de ces différens pays, à en faire
la comparaifon avec ce qu'en a dit Mr.
de P.

Eft-il mieux fondé à nous pré-
fenter les Américains, comme une race
d'hommes dégénerés & dégradés de la
nature humaine? Eft-il plus croyable, lorfqu'il parle des animaux, peut-
être dira-t-il que les exemples que je
citerai, font tout au plus une exception
a la regle, qu'il a voulu établir, pour
preuve de la fupériorité des trois autres parties du Monde, fur celle de
l'Amérique. Alors il faudra donc
mettre au nombre des faveurs de la
Nature pour notre Europe, que les
Pigeons n'y pondent & couvent que
deux œufs à chaque fois, pendant
qu'au Pérou, ces mêmes pigeons y
font jufqu'à fix à fept pontes en autant
de jours de fuite, les couvent, &

qu'il

qu'il en naît autant de petits qu'ils y
avoit d'œufs (h) Ne feroit-ce pas auffi
par un femblable privilège, que nos
raves ne croiffent en Europe, que de
la groffeur du pouce, ou environ, tandis qu'au Pérou elles viennent groffe
comme la jambe? (i)

Mr. de P. eft-il plus heureux
dans les conféquences qu'il tire de fes
réflexions philofophiques? on en
pourra juger par celle-ci. La plûpart, dit-il, (k) des végétaux qui
ne font que tendres & herbacés dans
nos Climats, ont été trouvé en Amérique, fous la forme ligneufe des fous-
arbuftes. Les chénilles, les papillons,
les mille-pieds, les fcarabés, les
araignées, les grénouilles, les chau-
ve-fouris, y étoient pout la plûpart
d'une taille gigantefque dans leur efpè-

(h) Feuillée p. 439.
(i) ib. p. 441.
(k) Tom. I. p. 6.

E

ce, & multipliés au delà de l'imagination.    Mr. Dumont dit dans ses
mémoires sur la Louisianne, qu'on y
voit des grénouilles, qui pésent jufqu'à trente cinq livres, & dont les cris
imitent le beuglement des veaux. Mr.
de P. en conclut l'ingratitude de leur
terre natale & un abatardiffement général, qui avoit atteint jufqu'au premier principe de l'exiftence & de la
génération, (1) je me ferois donc bien
trompé, en tirant une conféquence
toute oppofée.    J'aurois crû raifonner
philofophiquement en concluant de
cette quantité prodigieufe d'êtres vivants, & qui plus eft d'une taille gigantefque, que le principe de vie eft
dans ce pays-là, bien plus fécond &
beaucoup plus actif que dans le nôtre,
où tous ces animaux n'ont ce femble,
à l'égard de ceux de l'Amérique, de
la même efpèce, qu'une demi vie, &

(1) Tom. I. p. 9.

des corps à demi perfectionnés, puifqu'on les trouve ailleurs bien fupérieurs
en groffeur & en qualités. Il me
femble cependant que raifonner ainfi,
c'eft raifonner conféquemment aux
idées que nous avons adoptées, de
la perfection des êtres, de penfer qu'un
végétal, qui au lieu de continuer de
ramper, de garder la foibleffe de fa
nature molle, tendre, herbacée, s'éle-
ve à celle d'arbufte; qu'un arbre gros,
droit, bien venu & qui élévant fa tête
altiére au deffus des arbres petits, mé-
nus, foibles & rabougris de même efpèce; qu'un géant enfin, ou un Européen bien fait & de la plus grande
taille, ont un dégré de perfection au
deffus des Lapons, des Grœnlandois,
& des Nains, à qui la Nature femble
avoir regretté la matiere & la forme.
Heureufement Mr. de P. n'eft pas
chargé de procuration de la part de
l'Europe pour fixer notre jugement &

nos idées fur l'Amérique & fes habitans, ni pour exprimer nos fentiments
de gratitude envers le nouveau Monde.
Si on l'en croyoit fur fa parole, il
faudroit regarder ce pays-là avec l'œil
du plus vil mépris, comme une terre
maudite, que l'on devroit abandonner
à fon malheureux fort.   Mais la conduite journaliere des Européens dément tout ce qu'en débite Mr. de P.
Nous continuerons d'y aller chercher
le Sucre, le Cacao & le Caffé, pour
flatter notre goût, & fatisfaire notre
fenfualité; la Cochenille, les bois de
teinture & de placage pour notre luxe
& nos fantaifies; les baumes du Perou,
de Copahiba, le Quinquina, le Gayac,
le Saffafras, l'Hypécacuana & mille
autres drogues pour guérir nos maladies; l'or, l'argent, ces Dieux des
Chretiens, comme le difent très-bien
les Sauvages; les pierres, les pellete-
ries & le cotton, pour nous vêtir.

L'Europe, cette terre fi riche, fi fertile, fi abondante, à qui la Nature a tout donné pour l'ôter à l'autre, va cependant y chercher tout cela, & tout d'autres chofes, qu'elle ne trouve pas dans fon propre terrein.

La fituation de l'Amérique fous trois Zones différentes, y caufe une grande diverfité de Climat; fuivant les contrées l'air y eft chaud ou froid, on peut cependant dire en général avec Mr. Guedeville (*) que le nouveau Monde eft extrêmement fertile. Il a tout ce que nous avons, & abonde de de plus en beaucoup de belles & bonnes chofes que l'on ne trouve pas en Europe; que les originaires du pays ne manquent ni de génie, ni de force, ni d'agilité, & que le bon chez eux prevaut fur le mauvais. Ces peuples le fentent parfaitement, ils fçavoient bien dire aux Efpagnols dans le tems

(*) Atlas Hift. Tom. VI. p. 81.

E 3

de leur invaſion: il faut que votre pays ſoit bien ſtérile & bien mauvais, pour vous obliger à courir tant de riſques & de dangers pour venir envahir le nôtre, ou que vous ſoyés des hommes bien méchans pour venir nous perſécuter de gayeté de cœur, & nous en chaſſer. (m) Ce raiſonnement ne paroit pas trop être celui d'un homme ſi ſtupide que Mr. de P. le donne à penſer. Je lui fournirai dequoi ſe guérir de ſa prévention à cet égard, après lui avoir prouvé que cette race d'hommes n'eſt pas une race ſans force & ſans vigueur, une race énervée & viciée juſques dans les principes mêmes du phyſique & du moral.

(m) Feuillée p. 386.

## §. II.

## Des qualités physiques des Américains.

En lisant l'Ouvrage de Mr. de P. il me semble entendre parler les peuples du Tyrol, & des pays montagneux circonvoisins qui trouvent un trait de beauté dans leurs goëtres énormes, & se rient de ceux qui n'en ont point. Le plus foible Européen, le plus imbécile est très supérieur à tous les Américains, même créoles, au sentiment de cet Auteur. (n) Énervés, hébétés, ce sont de véritables automates, qu'aucune passion ne peut émouvoir, & qui n'obéissent qu'a l'impulsion de leur instinct. Ils sont viciés dans leurs qualités essentielles & dans leur constitution physique, puisqu'on ne trouve chez eux ni bossu, ni boiteux, ni borgnes, si non par accident; &

(n) Tom. II. p. 166. & 154.

E 4

qu'en Europe on en rencontre à chaque pas.

Mr. de P. a eu fans doute des mémoires particuliers fur l'Amérique; car je ne connois aucune rélation qui nous préfente les Américains tels qu'il nous les dépeint. Écoutons ce qu'elles en difent: les Auteurs que je citerai n'avoient aucun intérêt de trahir la vérité, pour flatter le portrait de ces peuples. J'ai lû quelques hiftoires du Canada, dit le Baron de la Hontan, (o) les Réligieux qui les ont écrites, ont fait quelques defcriptions affez fimples, & affez exactes des pays, qui leur étoient connus; mais ils fe font groffierement trompés dans le récit qu'il font des mœurs, des manieres des fauvages. Les Recollets & les Jéfuites en ont parlé d'une maniere toute oppofée; ils avoient leurs raifons pour en agir ainfi. Si je n'avois

(o) Tom. II, p. 91.

pas entendû la langue des fauvages, j'aurois pu croire tout ce qu'on en a écrit; mais depuis que j'ai raifonné avec ces peuples, je me fuis entièrement dèfabufé. Ceux qui ont dépeint les fauvages velus comme des Ours n'en avoient jamais vû; (p) car il ne leur paroit ni barbe, ni poil en nul endroit du corps. Ils font généralement bien faits, de belle taille & mieux proportionnés pour les Américaines, que les Européens.

Les Iroquois font plus grands, plus vaillans & plus rufés que les autres; mais moins agiles, & moins adroits à la guerre qu'à la chaffe, où ils ne vont jamais qu'en grand nombre. Les Ilinois, les Oumanis, les Outagamis & quelques autres nations font d'une taille médiocre, courant comme des liévres, s'il m'eft permis de faire cette comparaifon. Les Outaouas &

(p) Tom. II. p. 63.

E 5

la plûpart des fauvages du Nord, à la
réferve des Sauteurs & des Cliftinos,
font poltrons, laids & malfaits. Les
Hurons font braves, entreprenants &
fpirituels: ils reffemblent aux Iroquois
pour la taille & le vifage. Les fauvages font tous fanguins, & de couleur
prefque olivâtre; font beaux en général, auffi bien que leur taille. Il eft
très rare d'en voir de boiteux, de borgnes, de boffus, d'aveugles, de muets;
s'il y en a quelqu'un, c'eft par accident. Ne feroit-ce pas encore une
faveur de la Nature pour l'Europe d'y
trouver fi communement des perfonnes
affectées de quelqu'unes de ces infirmités? mais continuons le portrait de
cette race d'hommes, le rebut de la
Nature au fentiment de Mr. de P.
bien différens, cependant aux yeux du
Baron de la Hontan, de Mr. de Bougainville, la Ronde de St. Simon, qui
a été élevé parmi eux, & y a vecu

vingt ans, & de plufieurs autres Offi-
ciers François, qui ont fait la derniere guerre avec eux.

Les fauvages ont les yeux gros,
noirs, ainfi que les cheveux, les dents
bien fournies, blanches comme l'yvoi-
re, & l'air qui fort de leur bouche eft
auffi pur, dit le Baron de la Hontan,
que celui qu'ils refpirent, quoiqu'ils
ne mangent prefque jamais de pain.
Ils ne font ni fi forts, ni fi vigoureux
que quelques uns de nos François pour
porter de groffes charges, ou pour
lever un fardeau & le charger fur les
épaules; mais en récompenfe, ils font
infatigables, endurcis au mal, bravant
le froid & le chaud, fans en être in-
commodés, étant toujours en exercice
à la chaffe, ou à la pêche, toujours
danfant & jouant à certain jeu de pelo-
tes, où les jambes font fort néceffaires.

Les femmes font d'une taille qui
paffe la médiocre, belles autant qu'on

le puiffe imaginer; mais fi graffes, fi péfantes & fi mal faites qu'elles ne peuvent tenter que des Sauvages. Soit par l'exercice, foit par la conftitution de leur tempérament, ils font fort fains, exemts de paralyfie, d'hydropifie, de goute, d'héthyfie, d'afthme, de gravelle, de pierre; maladies dont la Nature qui a tant donné à notre continent, a bien encore voulû nous favorifer. Elle avoit cependant laiffé la pleurefie au Canada; & nous leur avons porté la petite vérole. Les Américains nous ont communiquée la leur par droit d'échange & de Commerce.

Quand un fauvage Apalachite, ou des pays de l'Amérique feptentrionale jufqu'à la terre de Labrador, meurt naturellement à l'âge de foixante ans, ils difent qu'il meurt jeune, parce qu'ils vivent ordinairement jufqu'à quatre vingts & cent ans. On en voit

même plusieurs qui paſſent ce terme.
Où eſt donc ce vice ſi eſſentiellement
répandu ſur toute la race humaine du
nouveau Monde, de maniere que la
dégénération aît atteint ſes ſens, ſes
organes, & toutes ſes facultés phyſiques ? Mr. de P. trouvera-t-il chez
les autres peuples du nouveau Continent cette dégradation, qu'il aſſure y
être, à chaque page de ſon Ouvrage ?
non, & il ne faut qu'ouvrir les rélations de leurs pays, pour y voir le
contraire. A Cayenne & dans la
Guyanne les naturels ont tous une très
belle diſpoſition de corps (q) les membres & toutes les parties en étant parfaitement bien proportionnées ; belle
taille, beau viſage, les cheveux longs
& noirs ; ayant la peau baſannée, mais
douce au toucher comme le ſatin.
Les femmes y ſont très bien faites, &

(q) Voyage de la France équinoxiale par Biet,
   p. 351.

l'on y en voit d'auffi belles qu'en Europe. Briftock dit des Apalachites, ce que Biet vient de vous rapporter des naturels de Cayenne. Le Chevalier de Rochefort rend le même témoignage fur les habitans de la Floride, de la Caroline & fur les Caraibes, tant des Iles que de la terre ferme, non quant à la beauté du vifage, mais quant aux proportions du corps, & à leur taille. Ils font, dit-il, bien faits, (r) ayant un air riant & agréable, les épaules & les hanches larges & tous communement affez d'embonpoint. Leur bouche eft médiocrement fendue, meublée de dents blanches & très ferrées. On n'y voit aucun borgne, ni boffu, ni chauve, ou défectueux par quelqu'autre difformité, fi non par accident.

Si la plûpart de ces peuples ont quelque chofe de difforme à nos yeux,

(r) ib. p. 382.

le nez applati, & quelques uns le front ; il ne faut pas rejetter la faute fur la Nature ; elle ne les a pas faits tels ; mais fur le caprice & le préjugé des meres, qui les leur applatiffent, après les avoir mis au monde, & continuent de les leur preffer pendant tout le tems qu'elles les allaitent, parce qu'elles s'imaginent donner par là, un trait de beauté à leurs enfans.

On peut faire ce reproche aux peuples de notre continent fur des préjugés de cette efpèce. J'en dirai deux mots, quand je parlerai du génie & des ufages des Américains.

Si nous remontons du feptentrion jufqu'à l'extrémité méridionale du nouveau Continent, tous les peuples que nous rencontrerons fur notre route, offrent des hommes bien conftitués. Tels font fi nous en croyons Vincent le Blanc & les autres Voyageurs, les Méxicains, les Bréfiliens, les Péru-

viens, ceux du Paraguai, du Chili &
enfin les Patagons. Rapporter ici les
témoignages de Marggraf, de Pison
& des autres Auteurs non suspects, ce
feroit tomber dans des répétitions déjà
trop ennuyeuses, M. de P. les a cité
lui - même ; mais il n'en a extrait que
ce qu'il a cru pouvoir étayer sa fausse
hypothèse. Je dirai seulement d'après
Frézier (s) que ceux du Chili, & les
autres peuples de l'Amérique méridionale font de bonne taille, ont les
membres gros, l'estomac, la poitrine &
le visage larges : que malgré leurs débauches, ils vivent des Siécles sans infirmités, tant ils font robustes & faits aux
injures de l'air, supportent longtems
la faim, la soif, dans la guerre &
dans les voyages, & que personne
n'en approche pour soutenir la fatigue.

Quand Mr. de P. auroit eu quelques mémoires sur des Cantons particuliers

(s) P. 56.

culiers inconnus aux Auteurs des rélations repanduës dans le public, auroit-il
dû en faire la bafe de fon Ouvrage &
conclure du particulier au général,
contre toutes les regles? qu'il me per-
mette de lui dire, ce qu'il a dit du
célebre Mr. de Cat de Rouen (t)
quelque foit le refpect que nous avons
pour les vaftes connoiffances de Mr.
de P. nous ofons lui marquer notre
furprife de ce qu'il lui ait prit envie
de reffufciter d'anciens paradoxes ou
d'en établir de nouveaux; qu'il ait
adopté une opinion, & foutenu une
hypothefe auffi contraire à fes lumié-
res, & à la vérité, pour laquelle l'on
diroit qu'il a ranimé fon zèle, & pro-
tefté qu'il a entrepris de réfuter les
fauffetés & les exagérations des Hiftoriens Efpagnols. (x)

(t) Tom. II. p. 29.
(x) ib. p. 169

F

Je ne conçois pas comment Mr.
de P. a entrepris d'anéantir l'exiftence
des Patagons Géans.  En raifonnant
fuivant fa méthode philofophique,
rien n'étoit plus capable que cette exiftence, de prouver à fes yeux, la dégradation & la dégénération de la race
humaine en Amérique.  Pour prouver
la ftérilité & l'ingratitude du fol, ainfi
que la dégradation des végétaux dans le
nouveau Monde, il dit que les plantes
tendres, molles & herbacées de notre
Continent, ont été trouvées en Amérique beaucoup plus grandes, plus nou-
ries, plus fortes, fous la forme de
fous-arbuftes, c'eft à dire, des Géans
dans leurs efpèces parmi les végétaux.

Je rend juftice à Mr. de P.: il ne
s'étaye pas toujours de preuves de
cette efpèce.  Il a très bien fenti que
l'exiftence des Patagons Géans étoit
capable de détruire fon affertion de la
dégradation de la race humaine dans

le nouveau Continent. Auſſi a-t-il fait tous ſes efforts pour les anéantir. Mais pour réuſſir à détruire des Géans, il faut les foudres de Jupiter & Mr. de P. ne les avoit pas en ſa diſpoſition. Ces Coloſſes ont peut-être diſparû aux yeux éblouis par lé ſpécieux de ſes raiſonnemens. Les citations qu'il a rapportées pour le contredire, font avec celles dont il s'étaye, un cahos, mais un cahos, qui n'eſt difficile à débrouiller qu'à ceux qui n'ont pas lû les relations dans les Auteurs mêmes. Quand on l'examine de près, c'eſt un nuage d'autant plus aiſé à diſſiper, que la vérité triomphera toujours, lorſqu'on ne la combattra qu'avec des tas de preuves négatives. Telles ſont celles qu'apporte Mr. de P. & qui font le fondement du préjugé de ceux qui rejettent ſans beaucoup d'examen, tout ce qui a un air de merveilleux.

F 2

L'amour de ce merveilleux, dit Mr. de P., éblouit les observateurs prévenus, & l'amour propre leurs fait défendre leurs illusions avec opiniatreté. Cet Auteur seroit-il lui-même dans ce cas là? c'est au lecteur à le décider. Mais je ne pense pas que l'on puisse avec raison, faire le même reproche à Mrs. Chenard de la Gyraudais, & Alexandre Guyot, dont j'apporterai les journaux en témoignage. J'ai fait avec eux un voyage assez long pour avoir le tems de les bien connoître, je les ai reconnu ennemis de ce merveilleux éblouissant; je les ai trouvé capables de voir avec de bons yeux, & de rapporter avec la derniere franchise, les choses comme ils les ont vûës.

Frézier ne dit pas comme les deux Navigateurs dont je viens de parler, qu'il a vû, & mangé avec ces Géans; mais Mr. de P. étant le seul qui l'accufe d'avoir été trop crédule, je puis employer le témoignage de ce favant Profeffeur; puifqu'il entreprit fon voyage de la mer du Sud par ordre du Miniftère, qui le jugea capable de faire de bonnes obfervations. Frézier dit (z) que pendant fon féjour au Chili, les Indiens des environs de Chiloé, qui fe nomment *Chonos*, lui confirmerent l'exiftence des Géans Patagons, qu'ils appellent *Chaucahues*; qu'ils en étoient amis, & qu'il en venoit quelquefois avec eux jufqu'aux habitations Efpagnoles du Chiloé. Dom Pedro Molina, ci-devant Gouverneur de cette Ile & quelqu'autres témoins oculaires, ajoûte Frézier, m'ont dit que ces Géans avoient approchant de quatre varres de haut, c'eft à dire, de neuf à dix pieds: ce font ceux que l'on appelle *Patagons* qui habitent la côte de l'Eft de la terre déferte, dont

(z) P. 78.

F 3

les anciennes relations ont parlé : ce que l'on a enſuite traité de fables ; parceque l'on a vû dans le détroit de Magellan des Indiens d'une taille ordinaire à celle des autres hommes.

Ce recit de Frézier s'accorde parfaitement avec ce qui eſt rapporté dans les journaux des deux Capitaines François, que j'ai nommés. Quand ils deſcendirent en 1766. à la Baye Boucaut, vers l'Eſt du détroit de Magellan, ils ignoroient ſi le Capitaine Byron Anglois, y avoit vû l'année précédente des hommes d'une taille gigantefque. Leur efprit étoit d'autant moins prévenû & moins ſuſceptible d'illuſion à cet égard, qu'avec tant d'autres, ils régardoient peut-être l'exiſtence des Géants comme une fable. Mr. de la Gyraudais devoit être d'autant mieux fondé dans cette opinion, que Mr. Guyot n'avoit vû l'année d'auparavant, ſur la côte méridionale du détroit, que des hommes de la taille ordinaire des Européens. Ces deux navigateurs arrivent dans cette Baye, voyent fur la côte des hommes à cheval, qui leur font figne de venir à eux: ils abordent, defcendent & trouvent des hommes dont la grandeur & la groffeur énormes les frappent d'étonnement. Ils donnent dans leurs journaux le détail de cette vifite, qui dura près de cinq heures, cette prémiere fois; & il fuffit de les lire fans prévention, pour juger que la vérité feule a dicté leur récit. J'ai lû, j'ai copié mot pour mot, ces journaux en original écrits & communiqués de leur propre main. J'en ai donné un extrait fidele à la fin du journal du voyage, que j'ai fait avec eux, aux Iles malouines, & je puis affurer n'y avoir rlen ajoûté. Je n'y ai point vû ces mots que Mr. de P. cite (a) d'après

(a) Tom. I. p. 309.

F 4

le journal des favans de 1767. *Il y rencontra des habitans du pays, dont plufieurs avoient environ fix pieds de haut.* Je ne penfe même pas que l'on trouve dans ces journaux rien d'équivalent, Mr. de P. auroit pu ne pas s'en tenir à un difcours auffi vague, pour affeoir fon jugement, & décider auffi affirmativement qu'il le fait, la non exiftence de ces Patagons. L'Auteur du journal des favans aura déterminé de fon chef, cette prétendue hauteur d'*environ fix pieds*.

Mr. Guyot s'étant avancé dans le détroit plus que Mr. de la Gyraudais, & y ayant féjourné près de trois fémaines de plus, trouva les Patagons de taille ordinaire, qu'il avoit vû l'année précédente, fur l'Ile Ste. Anne, & aux environs: mais il a foin de faire rémarquer la différence qu'il y a entre ceux-ci, & ceux de la Baye Boucaut & du Cap

Grégoire. (b) Les sept qui se présen-
terent à eux, la premiere fois qu'ils y
aborderent, dont le plus petit avoit
*au moins cinq pieds sept pouces* du
pied de Roi François, n'étoient qu'un
échantillon de ceux que Mr. de la
Gyraudais y vit un mois après.

A ceux de l'Ile Ste. Anne peut
convenir la qualification de *peuple*
*plus que misérable* que leur donne Mr.
de P., ils vivent de coquillages, boivent de l'huile de Loups marins pour
regal, & se vétissent de la peaux de ces
Amphibies.    Réunis vraisemblablement par familles, dans de méchan-
tes cabanes, on peut dire sans se tromper, qu'ils affichent la misere.    Mais
ceux du Cap Grégoire, ne parurent
pas tels à nos deux Capitaines.    A la
vérité vétus de peaux, mais de peaux
de Guanacos & de Vigognes, dont nous

(b) Journal du voyage aux Iles malouines
    p. 660.

fommes fi curieux, que nous allons les chercher chez eux pour fervir à notre luxe; vivant & de la chair de ces animaux & des fruits.

Ces grands Patagons fe préfenterent à Mr. de la Gyraudais au nombre d'environ trois cent, y compris les femmes & les enfans. Ce nombre augmenta beaucoup dans la journée. A cette étiquette croira-t-on fur la parole de Mr. de P., que c'eft un peuple peu nombreux, errant dans les fables Magellaniques, où la mifere les harcèle & les pourfuit fans relâche?

Les récits de nos deux Capitaines François prouvent la vérité de ce qu'on avoit dit à Mr. Frézier dans l'Ile de Chiloé. Il paroit, dit Mr. Guyot, (c) qu'ils ont traite avec les Efpagnols; car ils ont une efpèce de fabre ou grand couteau à deux tranchans, très-minces, & leurs guêtres

(c) ib. p. 662.

sont faites comme celles des Indiens
du Chili. Ils prononcerent quelques
mots Espagnols, ou qui tiennent de
de cette langue. En montrant celui
qui paroissoit être leur Chef, ils le
nommerent *Capitan*. Pour demander
du Tabac à fumer, ils ont dit *Chupan*.
Ils fument aussi à la Chilienne, rendant la fumée par les narines. En fu-
mant ils se frappoient doucement la
poitrine & disoient *buenos*, ils pa-
roissent rusés & hardis.

Mr. de la Gyraudais nous les dépeint (d) d'une quarrure plus que de proportion; ayant les membres gros & ner-
veux, la taille fort au dessus de celle des
plus grands Européens, la face large,
le front épais, le nez épatté; les joues
grosses; les dents très blanches & bien
fournies, les cheveux noirs. Si cette
race d'hommes de quatre varres de haut,
les mêmes avec lesquels les équipages

(d) ib. 693.

des Navires François ont mangé &
couché, n'eft pas une race de Géans,
au moins prouve-t-elle que la race
humaine n'eft pas fi dégénerée en
Amérique, que Mr. de P. voudroit
nous le perfuader.

Toutes les preuves de cet Auteur
contre l'exiftence des Patagons Géans,
fe reduifent à dire; que les Navigateurs qu'il cite à fon avantage, ne les
ayant pas vûs, lorfqu'ils ont été au
détroit de Magellan, ceux qui difent
les y avoir vûs, nous ont conté des
fables & des fauffetés; conféquemment
que cette race d'hommes gigantefque
n'exifte pas & n'a pas exifté.

La Logique de Mr. de P. me paroit en défaut fur cet article, comme
elle l'eft fur bien d'autres. Mr. de
Bougainville ne vit pas ces Coloffes
au premier voyage qu'il fit au détroit
de Magellan en 1765. lorfqu'il s'y
trouva avec le Capitaine Biron, qui

assure les y avoir vûs; donc celui-ci nous en impose. Le même Navire & le même équipage de Mr. de Bougainville, lui excepté, y rétourna en 1766. avec un autre Navire François, ignorant l'un & l'autre l'exiftence de ces Patagons Géans. Ils les y trouvent, boivent & mangent, couchent avec eux. Mais qu'en conclura Mr. de P.? qu'ils ont révé & qu'il se font imaginé voir en réalité des hommes qu'ils n'ont vûs qu'en fonge; ou qu'ils font des fourbes, que l'idée du merveilleux a ébloui, & qui s'opiniatrent à foutenir leur illufion. (e)

Mr. de P. eût eû bien beau jeu, fi, (ce qui pouvoit aifément arriver) M. Guyot avoit continué fa route au lieu de mouiller dans la Baye Boucaut avec Mr. de la Gyraudais, & qu'au retour il eût également paffé devant, comme il le fit, fans s'y arrêter. Mr.

(e) Difcours Préliminaire.

de la Gyraudais auroit plus qu'inuti-
lement afluré avoir vû, bû & mangé
avec ces Titans; Mr. Guyot auroit été
en droit, au fentiment de Mr. de P.,
de lui dire vous avez révé. Vous nous
contez une fable: J'y étois avec vous;
j'ai paflé deux fois devant l'endroit où
vous dites leur avoir parlé, j'y ai vû
de loin des hommes montés fur des
chevaux; mais dois-je en conclure
que ce font des Géans? c'eft une illufion de vôtre part.

Examinons les rélations des autres
Navigateurs, qui difent avoir vû, ou
n'avoir pas vus cette race gigantefque:
voyons en quoi elles font d'accord, &
en quoi elles fe contredifent. Je
n'examinerai que celle dont parle Mr.
de P.

Pigafetta monté fur le vaifleau la
Victoire commandé par Magellan, dit
avoir vû en 1519, au port St. Julien,
fur la côte oriéntale des Patagons,

des hommes hauts de huit pieds; qu'ils en emmenèrent deux à bord, où l'un mourut pour avoir refufé de prendre aucune nourriture, & l'autre périt du fcorbut, fur la côte de la mer du Sud. Ces hommes étoient vétus de peaux, & portoient des efpèces de guêtres ou brodequins faits auffi de peaux de bêtes avec leur poil; & Magellan les nomma Patagons, parceque cet accoûtrement rendoit leurs pieds femblables à des pattes d'animaux. De ce récit de Pigafetta Mr. de P. conclut que ce feroit faire tort à fes propres lumieres que d'accorder la moindre confiance à des fables fi groffieres. (f) Ce qui les rend cependant vraifemblables, c'eft que les habitans du port St. Julien & de toute cette contrée font encore aujourd'hui connus fous le nom de *Patagons* que Magellan leur donna alors.

(f) Tom. I. p. 290.

Quiros navigea aux terres Magellaniques en 1524. & n'y vit point de Géans.    Dans trois voyages faits au détroit de Magellan, par les Espagnols, depuis 1525. jufqu'en 1540. Ils n'y trouverent pas cette race de Coloſſes, quoique l'équipage du Camargo fût contraint d'hyverner dans le port de Las-Zorras.    Drake n'y en vit point en 1578. non plus que le Capitaine Winter, qui commandoit un vaiſſeau de ſon Eſcadre.    Sarmiento, au rapport de ſon Hiſtorien Argenſola, trouva en 1579. à la pointe méridionale de l'Amérique, des hommes hauts de douze pieds, & bâtit Philippe-Ville dans l'endroit du détroit de Magellan, connu ſous le nom de *Baye famine*.    La rélation faite par Pretty, du voyage de Candiſch, au même détroit en 1586. ne dit pas un mot de ces grands Patagons.    Mais dans un ſécond entrepris en 1592. Knivet

dit avoir trouvé au Port défiré, fur
la côte de l'Eft, non loin du port St.
Julien, des Patagons, dont la taille
équivaloit à feize palmes. Il méfura
deux cadavres nouvellement enterrés
fur le rivage, & les trouva de quatorze empans. Il ajoute avoir vû au Bréfil un de ces Patagons, qu'Alonzo
Dias avoit pris au port St. Julien: &
quoiqu'il fut encore jeune, il avoit
déjà treize palmes de haut. Mais
ajoute Mr. de P. il eft impoffible que
la rélation de Knivet puiffe faire
impreffion, même fur des lecteurs
crédules.

Chidley ne vit en 1590. fur la
côte du détroit de Magellan, que des
hommes de taille ordinaire; qui af-
fommerent fept perfonnes de fon équipage. Richard Hawkins trouva au
port St. Julien, en 1593. nombre
d'Américains de fi grande taille, qu'on
les prit pour des Géans. Sébald de

G

Wert & Simon de Cordes, rencon-
trerent à la Baye verte, des fauvages
de dix à douze pieds de haut, dont ils
tuerent quelques uns. Mais Jantzfoon,
Auteur de cette rélation auroit dû fe
cacher de honte, dit Mr. de P., d'a-
voit écrit des fables fi infipides. La
rélation du voyage du fameux Olivier
de Noort, nous apprend que les gens
de fon équipage apperçurent au Port
défiré des hommes de grande ftature;
qu'ils tuerent enfuite vingt trois Patagons de taille ordinaire; & qu'ayant
enlevé de l'Ile Naffau deux filles &
quatre jeunes garçons, dont les proportions ne paroiffoient pas gigantefque, l'un de ces garçons, après avoir
appris la langue Hollandoife - - - leur
dit, que dans un pays nommé *Coin*
il exiftoit une race de Géans qu'il appelloit *Tirimenen*, hauts de douze pieds.
Y a-t-il une faute d'impreffion
dans l'Ouvrage de Mr. de P., ou

avoit-il oublié fon objet, lorfqu'il ajoute: *ceux qui étudient la Géographie dans le judicieux Dictionnaire de la Martiniere, y verront que rien n'eft plus vrai, ni plus réel que ce pays de Coin, & ces Géans Tiremenen?*

Spilberg fuivant Corneille de Maye, ne vit en 1614. que des hommes de taille ordinaire, fur la terre Delfuego. En 1615. le Maire & Schouten ne virent point de Géans vivans fur les côtes Magellaniques; mais en creufant vis à vis l'*Ile du Roi*, on déterra des offemens, qui firent conjecturer que les habitans devoient avoir au moins onze pieds de haut. Après leur retour ces deux Navigateurs qui avoient fait le voyage enfemble, fe reprocherent mutuellement d'avoir fait inférer dans la rélation de leurs commis Aris, des faits controuvés; mais ils ne mettent pas de ce

G 2

nombre celui des offemens exhumés, dont je viens de parler.

Le Pilote du Navire de Garcias de Nodal envoyé par l'Efpagne en 1618. pour apprendre la route du Détroit découvert par le Maire, raconte dans fa rélation, que Jean de Moore avoit communiqué avec des Sauvages de la côte des Patagons, qui font de toute la tête plus hauts que nos Européens. Decker Capitaine fur un des vaiffeaux confié par les Hollandois à Jaques l'Hermite, pour faire la conquête du Pérou, a donné l'Hiftoire de cette expédition. Dans le détail qu'il y fait des habitans de l'extrêmité de l'Amérique, il ne dit pas un mot de ces Titans.

Wood & Narborough n'y en virent point en 1670, fi nous en croyons Mr. de P. Mais ils difent dans leurs rélations, avoir vû à huit ou dix degrés plus au Nord que le détroit de

Magellan, des hommes d'une taille extraordinaire.

Messieurs de Gennes & Beau-Chêne-Gouin en 1696. & 1699. ne virent dans ce détroit que des hommes d'une taille ordinaire, qui se peignoient de rouge le visage & tout le corps, & qui n'avoient que les épaules couvertes de manteaux fourrés.

Mr. Frézier se trouva au Chili en 1711.  Il dit des Patagons Géans ce que j'en ai rapporté d'après lui.  Mr. de P. l'accuse d'avoir transporté la patrie des Patagons de la côte Orientale de l'Amérique à la côte d'Occident & d'avoir dit qu'ils habitent entre l'Ile de Chiloé & l'embouchure du Détroit, (g) mais si Mr. de P. n'est pas plus fidele dans ses autres extraits, qu'il l'est dans celui-ci, il est à crain. dre pour lui, que ceux qui les vérifie-ront, ne l'accusent lui-même de n'a-

(g) P.

G 3

voir pas toujours eu la vérité affez à
cœur.    Quant à l'article préfent Mr.
Frézier dit expreffement que ceux de
Chiloé lui ont dit, que ces Patagons
Géans avec lefquels ils communiquoient,
faifoient leur féjour ordinaire fur la
côte orientale de la terre déferte des
Patagons ; & que les Chiliens ou *Cho-*
*nos* les nomment *Chaucahues.*    Il ne
dit pas un mot de leur féjour entre l'Ile
de Chiloé & l'embouchure du détroit
de Magellan.

Seroient - ils les mêmes que les
Tyrimenens de la terre de Coin, que
le jeune Patagon enlevé par les gens de
l'équipage de Noort leur dit être des
Géans ? je n'ai pas le judicieux Dictionnaire de la Martiniere, pour véri-
fier la pofition de cette terre.

Mr. de P. n'a pas jugé à propos de
citer les autres rélations rapportées par
Mr. Frézier.    Quelques vaiffeaux,
ajoute celui - ci, ont vû les Patagons

de taille ordinaire, & les Patagons Géans. En 1704. au mois de Juillet les gens du Jaques de St. Malo, que commandoit Harinton, virent sept de ces Géans dans la Baye Grégoire. L'équipage du St. Pierre de Marseille, commandé par Carman de St. Malo, en virent six, parmi lesquels un portoit quelques marques de distinction. Ses cheveux étoient ramassés sous une coëffe de filets, faits de boyaux d'oiseaux, & orné de plumes tout autour de la tête. Leur habit étoit de peaux, le poil en dedans. On leur offrit du pain, du vin & de l'eau de vie qu'ils refuserent; mais ils firent en revanche présent de leurs carquois garnis de flêches. Le lendemain on en vit d'abord plus de deux cent attroupés sur le rivage.

Le Capitaine Shelvosk est le dernier Auteur, qui parle des Patagons, dans la rélation de son voyage autour

G 4

du monde en 1719. Enfin l'Auteur
de la lettre au Docteur Maty, dit
qu'en paffant à Manille, un vieux Capitaine de vaiffeaux marchands, nommé Reainaud l'a affuré avoir vû en
1712, fur une côte voifine du détroit
de Magellan, des hommes d'environ
neuf pieds de haut; qu'il les avoit
méfurés lui - même.

En 1741. le fameux Chef d'efca-
dre Anfon relacha aux côtes des Patagons tant à l'orient qu'à l'occident,
fans y découvrir le moindre indice
qu'elles foient habitées par une race
d'hommes de taille coloffale. Huit
Matelots du vaiffeau le *Wager* de l'ef-
cadre de cet Admiral, abandonnés fur
le rivage, y furent pris par des Patagons, qu'ils dépeignent de taille ordinaire. Sur quoi Mr. de P. conclut
ainfi : (h) on peut juger après cela du
crédit que mérite le journal du Com-

(h) Tom. I. p. 306.

modore Byron, dont le moindre Mate-
lot n'auroit pas ofé publier la rélation.

Ce Capitaine, ajoute Mr. de P.,
dit que fon vaiffeau relacha à la terre
Delfuego; qu'il y rencontra des hommes horriblement gros, hauts de plus
de neuf pieds, montés fur des chevaux
défaits, décharnés & qui n'avoient pas
treize paumes de taille.

Mr. de P. n'eft pas heureux dans
fes citations; il a lu fans doute trop
précipitament les Auteurs qu'il cite &
ne s'eft pas donné la peine ni le tems
de faire fur fes lectures, des réflexions
auffi philofophiques qu'il voudroit
nous le perfuader. Il fe trouve encore ici en défaut, la rélation du Capitaine Byron non feulement ne dit pas
qu'il relacha à la terre Delfuego; mais
qu'étant dans le détroit, il vit cette
terre à quatre ou cinq lieuës de diftance. (i) A huit heures dit l'Auteur de

(i) P. 72.

G 5

cette rélation, nous découvrimes de la fumée, qui s'élevoit de différents endroits; & en approchant de plus près, nous vimes diftinctement un certain nombre de perfonnes à cheval. A dix heures nous jettames l'ancre fur la côte feptentrionale du détroit, à quatorze braffes d'eau: nous étions à environ un mille de terre; & nous n'y eumes pas plûtot mis l'ancre, que les hommes que nous avions vûs fur la côte, nous firent des fignes avec leurs mains. Sur le champ nous mimes dehors nos canots, & nous les arrimames.

En approchant de la côte, des marques fenfibles de frayeur fe manifefterent fur le vifage de nos gens qui étoient dans le canot, lorfqu'ils virent des hommes d'une taille prodigieufe--- Nous voyons le Cap de la Vierge à l'Eft - Nord - Eft, & la pointe de poffeffion à l'Oueft quart de Sud. A vingt verges du rivage, nous remarquames qu'un grand nombre de ces Géans environnoient la plage, & témoignoient par leur contenance, un grand défir de nous voir defcendre à terre. Dès que nous y fumes defcendus, les Sauvages accoururent au tour de nous, au nombre d'environ deux cent, nous regardant avec l'air de la plus grande furprife, & fouriant à ce qu'il paroiffoit, en obfervant la difproportion de notre taille avec la leur. Leur grandeur eft fi extraordinaire que, même affis, ils étoient prefqu'auffi hauts que le Commodore debout, (le Commodore a fix pieds de haut.) Il leur diftribua des colliers de grains, des rubans & autres colifichets. Ces Patagons furent fi charmés de ces petits préfens, qu'ils regardoient pendus à leur cou, que le Commodore eut beaucoup de peine à fe dérober à leurs careffes, furtout à celles des femmes, dont les traits du vifage re-

pondent parfaitement à l'énorme grandeur de leurs corps.   Leur taille mo-
yenne nous paroit être d'environ huit
pieds, & la plus haute de neuf pieds,
La taille des femmes est aussi étonnante
que celle des hommes.   Nous vimes
aussi quelques enfans dans les bras de
leurs meres, & leurs traits rélativement à leur âge, avoient la même proportion.

On voit par cette rélation abré-
gée, mais fidèlement extraite, que
Mr. de P. l'a considérablement alterée,
& qu'il fait dire à ce Capitaine ce qu'il
n'a peut-être pas même pensé.   Pour
qu'on ne m'accuse pas de faire à tort
ce reproche à Mr. de P. on en jugera
sur ses propres expressions; les voici (k) on peut les comparer avec la
rélation ci-dessus.

„Aussitôt que ces Géants montés
„sur des chevaux nains,  eurent ap-

(k) Tom. I. p. 306.

„perçu le Commodore & fon efcorte,
„ils mirent pied à terre, vinrent au
„devant de lui, l'enleverent dans
„leurs bras énormes, & le careſſerent
„beaucoup en lui donnant des baiſers
„âcres : les femmes lui firent de leur
„côté, eſſuyer des politeſſes encore
„plus expreſſives : *elles badinerent ſi*
„*ſérieuſement avec lui,* que j'eus, dit-il,
„*beaucoup de peine à m'en débaraſſer.*
„Elles firent auſſi amitié au Lieutenant
„*Cumins*, & lui mirent la main ſur
„l'épaule pour le flatter, ce qui le fit
„tellement ſouffrir, qu'il en reſſentit
„pendant huit jours des douleurs ai-
„gues dans cette partie bleſſée par le
„poid de la main robuſte des ſauva-
„geſſes. Ce conte de Gargantua,
„ajoute Mr. de P., fut débité à Lon-
„dres en 1766. Le Doêteur Maty,
„ſi connu par ſa petite taille & par
„ſon journal britannique, ſe hâta ex-
„trêmement d'y ajouter foi, & de di-

„vulguer cette fable dans les pays
„étrangers." Voici comme il s'exprime dans fa lettre à Mr. de la Lande.

„L'exiftence des Patagons eft
„donc confirmée, on en a vû & *manié*
„plufieurs centaines. Le terroir de
„l'Amérique peut donc produire des
„Coloffes; & la puiffance génératrice
„n'y eft donc pas dans l'enfance."

Si Mr. de P. en écrivant ainfi à
eu fimplement deffein degayer fon
lecteur après s'être égayé lui-même,
on pourroit le lui pardonner. Il pouvoit le faire aux dépens de l'exiftence
des Patagons Géans: a lui permis de
contredire l'évidence même, d'exercer
fon talent & d'étaler toute fa vafte
érudition pour mieux réuffir dans fon
objet. Mais le public qu'il n'en a pas
prévenu, lui pardonnera-t-il de faire
parler les Auteurs, qu'il donne pour
fes garans, autrement qu'ils ne parlent? Je doute que quelqu'Amateur

que l'on foit de critique & de raillerie, on foit d'humeur à lui paffer ce ton railleur & méprifant, avec ce ridicule dont il s'efforce de couvrir le récit des Auteurs qui lui font contraires.

Mais loin que Mr. de P aît voulu que le public prit tout ce qu'il dit pour un badinage, il annonce pofitivement, qu'il ne parle que d'après les Auteurs, & les cite. Malheureufement pour lui on trouvé dans leurs écrits, ce qu'il dit ne pas y être, & l'on n'y voit ce qu'il dit en avoir extrait.

Que Mr. de P. moins timide que Mr. de Buffon, veuille foutenir avec lui, que la Nature ne s'eft organifée que depuis peu au nouveau Monde; que l'organifation n'y eft pas encore achevée de nos jours, c'eft une opi-nion qu'il peut s'opiniatrer de défendre tant qu'il lui plaira; on ne fera pas obligé de l'en croire fur fa parole; puifque les faits dépofent contre lui.

Mais qu'il enchériſſe ſur Mr. de Buffon, qui ne comprend dans ſon hypo-
theſe que les plantes & les animaux,
& que Mr. de P. veuille l'étendre ſur
toutes les races d'hommes en général
Américains, alors on pourra dire de
lui ce qu'il dit du Docteur Maty: (1)
vos réflexions ne ſont pas heureuſes,
on pourra même ajouter: vos argumens ſont bien foibles; & le comble
du ridicule eſt de fermer les yeux à
l'évidence, & de vouloir s'appuyer de
phénomenes inconteſtablement faux.

Mr. de P. n'a pas plus reſpecté la
vérité dans les extraits qu'il rapporte
des journaux des deux Capitaines
françois Mrs. de la Gyraudais & Guyot. Il donne le change à ſes lecteurs,
en ſupprimant du journal de ce dernier, tout ce qu'il y dit des Patagons
Géans qu'il a vû au détroit de Magellan. Il ſubſtitue à cette rélation une

partie

(1) ib. p. 307.

partie feulement de ce que Mr. Guyot
y rapporte des Patagons, de taille ordinaire, avec lefquels il a plus féjourné qu'avec les autres. Mr. de P. en
conclut dans ce cas-cy fort raifonna-
blement: *ce n'étoit donc pas des
Géans comparables à ceux du Commodore* Byron. Mais Mr. de P. avoit
deffein d'induire le lecteur en erreur,
en faifant contrafter la rélation de Mr.
Guyot avec celles des Commodore
Byron & Mr. de la Gyraudais: en
donnant à entendre que Mr. Guyot n'a
vû d'autres Patagons que ceux de taille
ordinaire, & que Mr. de la Gyraudais
nous en a impofé, ainfi que Mr. Byron; puifque les deux Capitaines François étoient enfemble dans le Détroit.
,, N'eft-il pas furprenant, ajoute Mr.
,, de P., que deux obfervateurs, qui
,, fe trouvent dans le même lieu, là
,, même année, & au même mois, va-
,, rient d'un demi pied fur la taille des

H

„Patagons?" Il me paroit encore plus surprenant, que Mr. de P. ou l'Auteur du journal des favans, qu'il donne pour son garant, ayent imaginé cette différence. Qu'on life les rélations de ces deux Capitaines, on les trouvera parfaitement conformes, à quelques détails près, qui confirment même l'exiftence des Patagons Géans.

De toutes ces rélations que j'ai citées, quelques unes difent n'avoir pas vû cette race de Titans, ou n'en font aucune mention; toutes les autres affurent les avoir vûs, & leur avoir parlé. Dire avec Mr. de P. aux Auteurs des derniers, qu'ils nous ont conté des fables; qu'ils nous en ont impofé: l'affertion paroit un peu hazardée. On ne nie pas poliment des faits. Quand aux rélations qui difent n'avoir pas vû ces Patagons, outre que cette preuve négative de leur exiftence n'eft pas prépondérante avec la preuve affirmative des autres; il eft très-aifé de les concilier. Cette race d'hommes gigantefque a été vue au Port St. Julien par les uns, au Port défiré par d'autres, au Cap Gregoire & à la Baye Boucaut, & ailleurs encore par d'autres Navigateurs. On a defcendu dans ces mêmes lieux & on ne les y a pas trouvés. Faudra-t-il en conclure qu'ils n'exiftent pas? non, la conféquence n'eft pas philofophique. Vous avez une, deux, ou trois maifons à la ville, & à la campagne, j'ai été & même plus d'une fois pour vous y voir; je n'ai jamais eu le bonheur de vous y trouver; d'autres ont été plus heureux que moi; j'en conclurai que votre exiftence n'eft pas un conte, que les plaifirs, que vous avez procurés à ceux qui vous ont vû, le détail des fêtes que vous leur avez données ne font pas des fables: j'en conclurai que vous ne faites pas votre demeure habituelle

dans une de ces maiſons; que vous en
changé ſuivant les ſaiſons, & que j'ai
mal pris mon tems pour vous y trouver. L'homme ſage, le philoſophe
doute, quand il ne penſe pas avoir des
preuves ſuffiſantes pour admettre une
choſe, ſurtout lorſqu'elle eſt extraordinaire; mais il ne nie pas. Une ſe-
conde eſpèce d'hommes nient tout ce
qui a un air de merveilleux, pour ſe
donner un rélief de philoſophie. Il
eſt du bel air de n'être pas ſi crédule.
On ne veut pas être confondu avec le
peuple ignorant, toujours enthouſiaſmé
du nouveau, toujours diſpoſé à adopter les choſes les plus extraordinaires.

L'exiſtence d'une race humaine gi-
ganteſque eſt de ce nombre. Depuis
le commencement du ſeizieme ſiécle
on nous débite l'avoir trouvée, vers
le détroit de Magellan: des Navigateurs nous racontent avoir vûs ces
Géants, leur avoir parlé, avoir bû &

mangé avec eux, font la defcription
de leurs vêtemens, de leur figure, de
leurs armes, qu'ils ont apportés &
montrés à tous ceux qui ont été curieux
de les voir.    Ces témoignages fe
font renouvellés fucceffivement depuis
1519. jufqu'à nos jours, que Mr. de
la Gyraudais & Guyot ont porté à Paris des habits & des armes de ces Coloffes; ont fait préfent de quelques
uns à Mr. Darboulin fermier général
des Poftes de France, chez qui je les
ai vûs & mefurés; & chez lequel vraifemblablement on peut encore les voir.
L'exiftence de ces Patagons Géans eft
cependant encore un problême pour
beaucoup de perfonnes.   Comment le
réfoudre? la folution n'eft pas difficile.
Qne quelques Philofophes accrédités
de nos jours fe tranfportent fur les
lieux; qu'ils parcourent le pays, & y
faffent un féjour affez long, pour le
vifiter dans les différentes faifons;

H 3

qu'ils s'informent des habitans du Chiloé & des environs, du terrein qu'occupent ces hommes qu'ils appellent *Chaucahues*, avec lesquels ils communiquent de tems à autre. Si ces philosophes à leur retour, nous disent que toutes leurs recherches ont été vaines: l'existence de ces Géants deviendra pour lors plus que douteuse; on sera du moins fondé, en quelque façon, pour la regarder comme une fiction, malgré les preuves qui subsistent du contraire, que l'on trouve dans les relations des plus célebres Navigateurs. En attendant le retour de ces Philosophes d'un voyage au moins aussi intéressant que tant d'autres, on peut ce me semble croire, sans être trop crédule, qu'il y a dans cette partie de l'Amérique une race d'hommes d'une grandeur beaucoup au dessus de la notre. Le détail du tems & des lieux, le nom que Magellan leur a donné & qu'ils confervent encore parmi nous; toutes les circonftances qui accompagnent ce qu'on en dit, femblent porter un caractere de vérité fuffifant pour vaincre la prévention naturelle qu'on a pour le contraire & prouver à Mr. de P. que la race humaine n'eft pas fi dégénerée dans l'Amérique qu'il voudroit nous le perfuader. La rareté du fpectacle a peut-être caufé quelque exagération dans les méfures de la taille de ces Coloffes; mais fi l'on doit les regarder comme eftimées, & non prifes à la rigueur, on verra qu'elles different peu entre elles.

Pour nous convaincre de cette exiftence, Mr. de P. dit qu'on auroit dû nous en amener quelques uns, ou du moins nous apporter en Europe quelques fquelettes de ces Géans; Mr. Guyot que j'ai cité ainfi qu'un autre Capitaine Maloin, m'a dit dans le courant de notre voyage aux Iles

H 4

Malouines, qu'en revenant du Pérou,
un peu avant la guerre derniere, une
tempête l'obligea de relâcher à la côte
des terres Magellaniques; qu'il y trouva un squelette entier, à la grandeur
duquel on jugea que l'homme de qui
étoit ce squelette devoit avoir eu dans
son vivant, au moins douze à treize
pieds de haut. Qu'étonné de cette
grandeur énorme, il avoit mis ce
squelette dans une caisse, l'avoit porté
à son bord, pour le montrer en Europe. Mais que quelques jours après,
son vaisseau ayant été assailli d'une
nouvelle tempête plus violente que la
premiere, l'Archevêque de Lima,
passager sur son Navire, pour retour-
ner en Espagne, persuada l'équipage
que les ossemens de ce Payen, que
Mr. Guyot avoit mis dans son vaisseau, étoient cause que Dieu les pu-
nissoit par cette tempête, & qu'il fal-
loit contraindre le Capitaine de les

jetter à la mer; ce qui fut exécuté malgré toutes les raisons de Mr. Guyot. Deux jours après l'Archevêque tomba malade, mourut presque subitement; & fut aussi jetté à la mer. Mr. Guyot prit occasion de cette mort, qu'il dit aux Espagnols être une punition du ciel, de ce que l'Archevêque avoit soulevé contre lui Capitaine l'équipage du Navire, pour un squelette, qu'il n'y avoit mis que pour satisfaire la curiosité des Européens, & convaincre les incrédules de l'existence de cette race gigantesque. Ce fait prouve encore contre Mr. de P. non seulement la réalité des Patagons Géants; mais que les Espagnols ne font pas même aujourd'hni guéris du préjugé qu'un cadavre, ou un squelette humain, gardé dans un Navire traine avec lui la tempête & le mauvais tems.

H 5

Mais quand Mr. Guyot, ou quelqu'autre Navigateur auroit apporté un
ou deux fquelettes entiers de Géants,
ou même en euffent amené de vivants,
en auroit-on été moins incrédules fur
l'exiftence d'une race compofée d'hommes de cette efpèce? non, on auroit dit en les voyant, ce font des
Géants; mais tels que la Nature en
fait naître quelquefois en Europe; &
dont l'exiftence ne prouve pas une race
d'hommes gigantefques dans notre
Continent.

Quelque convaincante que puiffe
être une race d'hommes glus grands,
plus gros, & plus robuftes que ceux
de notre Continent, pour prouver
que la natùre humaine n'eft pas dégradée, ni dégénerée en Amérique, les
incrédules à cet égard exigent d'autres
preuves que celles de l'exiftence de ces
Géans; puifqu'elle eft encore au
moins un problême pour eux. Ces

preuves feront fondées fur le rapport,
je puis dire unanime des Auteurs, qui
nous ont donné des rélations des peuples du nouveau Monde.

En montrant contre Mr. de P. la
bonté, la beauté & la fertilité du Sol
de l'Amérique, nous l'avons fuivi du
Nord au Sud; retournons fur nos pas,
& voyons fi les Voyageurs ont vû les
peuples de ce pays-là par les yeux de
cet Auteur; s'ils ont trouvé la race
humaine effentiellement viciée dans
toutes fes facultés phyfiques; fi la dégénération avoit atteint les fens & les
organes des hommes; fi ces hommes
font encore aujourd'hui une efpèce dégénerée, lâche, impuiffante, fans
force, fans vigueur, fans élévation
dans l'efprit, fans mémoire, incapable d'enchaîner fes idées & fupé-
rieure enfin aux animaux, mais feulement par l'ufage de la langue & des
mains; inférieure d'ailleurs au plus

foible, & au moins spirituel des Européens.

Les Américains du Chili sont de bonne taille, dit Frézier; (n) ils ont les membres gros, l'estomac & le visage larges, sans barbe; les cheveux gros comme du crin, plats & noirs. On ne voit gueres d'hommes dans les autres parties du monde, qui en approchent pour la légereté, pour la force à soutenir la fatigue, & pour l'adresse à monter un cheval. Malgré leurs fréquentes débauches, ils vivent des siécles sans infirmités, tant ils sont robustes.

Leur couleur naturelle est bazanée, tirant sur celle du cuivre rouge. Cette couleur est générale dans toute l'Amérique, tant méridionale que septentrionale. Sur quoi il faut remarquer que ce n'est point un effet de la qualité de l'air qu'on y respire, mais d'une

(n) P. 61. & suiv.

affection particuliere du fang, car les defcendans des Efpagnols, qui s'y font établis & mariés avec des Européennes, & confervé fans mélange avec les Chiliennes, font d'un blanc & d'un fang plus beau & plus frais que ceux d'Europe, quoique nés dans le Chili, nourris à peu près de même maniere & ordinairement alaittés par les naturels du pays.

On ne peut pas attribuer cette couleur de cuivre rouge bazannée, naturelle à la peau des Chiliens, au climat du Chili, puisqu'elle eft commune à tous les habitans des deux extrêmités du nouveau Monde, & à ceux qui vivent entre les deux Tropiques. Le froid & le chaud n'y contribuent donc en rien, & les obfervations de Mr. de P. portent par conféquent à faux?

Sont elles plus exactes par rapport au dégré de chaud & de froid fi différent en Amérique en deça de l'Equateur, & fous le même parallele dans notre Continent (o)? il l'ignore. Mais je fçai qu'il n'eſt pas vrai que le froid ſoit plus vif dans l'Hémiſphère Auſtral, au même dégré qu'en deça de l'Equateur.  Les deux freres Pierre Duclos, & Alexandre Guyot ont dou-blé deux fois le Cap Horn au cinquante ſixieme degré de latitude Auſtrale, au milieu de l'Hyver du pays; & même pour éviter les courans violens, & les vents contraires, que l'on rencontre ordinairement près de ce Cap, ils fu-rent obligés de s'élever juſqu'au ſoixan-tieme dégré: ou environ.  Ils m'ont aſſuré n'y avoir pas reſſenti la même rigueur de froid qu'en Europe au qua-rante huitieme.

Les François que nous avons éta-blis aux Iles Malouines, ſous le cin-quante deuxieme parallele, y ont paſſé trois Hyvers conſécutifs.  Mrs.

(o) Tom. I. p. 11.

de la Gyraudais & Guyot ont relâché pendant deux mois d'Hyver au détroit de Magellan. Ils m'ont également affuré que le froid y avoit été très moderé & même fi doux aux Iles Malouines, que fur les eaux dormantes, la glace n'avoit pas été affez forte pour porter, fans fe fondre, une pierre du poids de deux ou trois livres.

Au Chili comme dans prefque toute l'Amérique, le Sexe a une fi bonne conftitution de corps, qu'il ne femble pas avoir été compris dans la punition portée contre la gourmandife & la défobéiffance de la premiere mere du genre humain. Les Américaines fe délivrent du fardeau naturel fans le fecours des fages-femmes, & mettent leurs enfans au monde avec une facilité que nos Européennes auroient peine à concevoir. Le tems même de leurs couches ne dure que deux ou trois jours. (p)

(p) La Houtan p. 138.

Si c'eſt là une preuve de la dégradation de la race humaine, les infirmités & la foibleſſe ſeroient donc une
perfection: alors Mr. de P. aura raiſon d'avancer que nous pouvons nous
flatter d'être mille fois plus parfaits
que les Américains.

Ils élevent leurs enfans de maniere
qu'on les voit marcher ſans appui dès
l'âge de ſix mois; & l'on ne trouve
gueres parmi eux de ces âges abrégés
que l'on rencontre ſi communément
chez nous. La durée de leur vie paſſe
ordinairement le terme de la nôtre;
leur vieilleſſe eſt extrêmement vigou-
reuſe; (q) à quatre vingt dix ans les
hommes engendrent encore.

Laet nous aſſure même avoir vû
des ſauvageſſes fécondes encore à quatre vingt.

Les Caraïbes vivent cent cin-
quante ans & quelquefois davantages.
                                        Mr.

(q) Hiſt. Nat. des Antilles.

Mr. de Laudonniere & les fept François qui échapperent dans la Floride,
aux cruautés des Efpagnols, furent
acceuillis par le Roitelet *Saturiova*
âgé de plus de cent cinquante ans, &
qui avoit chez lui fes petits fils jufqu'à
la cinquieme génération inclufive-
ment. (r) Vincent le Blanc donne une
vie auffi longue aux Canadiens & à
ceux du Royaume de Cafubi. Pirard
dit la même chofe des Bréfiliens,
d'autres des Péruviens, & des autres
peuples de l'Amérique. Si cette durée de la vie n'eft pas une preuve d'une
bonne conftitution corporelle, j'avoüe
que j'ignore ce qu'il faut à Mr. de P.
pour l'en convaincre.

(r) ibid.

I

## §. III.

## *Des qualités du cœur & de l'esprit des Américains.*

Le sentiment des Auteurs n'est pas moins unanime sur les qualités du génie, de l'esprit & du cœur des naturels de l'Amérique, qu'il l'est sur la bonne constitution de leurs corps. Nous avons vû qu'en quelque canton que l'on aille, l'on y trouve des hommes bien faits, de belle taille & d'une constitution si robuste qu'elle est à l'épreuve de tout. Mr. de P. nous les avoit cependant présentés comme une race d'homme énervée, & viciée jusques dans ses principes. Il nous dit avec la même assurance, mais avec aussi peu de fondement, que les facultés de leur ame ne le font pas moins. Peut-être a-t-il jugé de tous les peuples du nouveau Continent par les Péruviens qui habitent aujourd'hui avec les Espagnols, ou dans leur voisinage, mais il se seroit bien trompé.

Ce que les naturels du Pérou ont de commun avec ceux du Chili & de quelques autres, c'est qu'il ne sont pas moins yvrognes, ni moins adonnés aux femmes, (s) & qu'ils vivent néan-moins des siécles. Ils sont également sans ambition pour les richesses, qu'ils tirent des entrailles de la terre, pour satisfaire notre cupidité. Mais ils en different beaucoup quant à la bravoure & la hardiesse.

Les Péruviens d'aujourd'hui sont timides, pusillanimes, au reste malins, dissimulés & fournois; c'est l'appanage de la foiblesse, & des ames subjugées. Les Espagnols en ont toujours agi, & agissent encore avec ces Indiens com-me avec des vaincus opiniâtres, con-tre lesquels on employe la force supé-rieure que l'on a sur eux, & avec une

(s) Frézier p. 56. & 76.

I 2

barbarie tyranique, qui égale la plus grande inhumanité. Cette barbarie toujours foutenue par les mauvais traitemens que les Péruviens en effuyent, les rend craintifs: la timidité eft toujours lâche & fans cœur. Mais les peuples des Andes, du Chili, des environs de la Guyanne & du Mexique ont confervé leur ancienne bravoure qui les à fouftrait jufqu'à préfent à la domination Efpagnole.

Mr. de P. l'ignoroit peut-être, ainfi que le courage, la bravoure & la liberté dont jouiffent encore tous les peuples de l'Amérique feptentrionale, & d'une partie de la méridionale, lorfqu'il a dit qu'ils n'avoient eu ni le courage de s'oppofer à l'efclavage, ni celui de travailler à s'y fouftraire.

On ne doit pas être furpris s'il y a aujourd'hui fi peu d'Indiens au Pérou, malgré le nombre prodigieux d'habitans de ce grand Empire avant la conquête qu'en firent les Efpagnols. Le travail des mines en a diminué extraordinairement le nombre. Les cruautés des Curés & des Corrégidors en ont engagé beaucoup à fuir chez les nations voifines, qui ne font pas conquifes.... Ceux-ci fçavent très-bien s'accorder fur leurs interêts communs. C'eft par leur bravoure, & leur bonne conduite qu'ils ont autrefois empêché les Incas du Pérou de pénétrer chez eux, & qu'ils ont borné les conquêtes des Efpagnols à la riviere de *Biobio* & aux montagnes de la Cordiliere, où l'on trouve une infinité de mines de toutes fortes de métaux & de minéraux, le fer excepté. Mais on y fup-plée dans ce pays-là par la fonte (v) & le cuivre. Ce dernier s'y trouve même pur, & en maffes fi confidéra-bles, qu'on y a vû des *Pepites*, ou morceaux de plus de cent quintaux.

(v) Frézier, ib.

I 3

Don Juan de Mélendes a donné le nom de St. Joseph à la montagne d'où on le tire. Il en montra à Mr. *Frézier* un morceau du poid de quarante quintaux, qu'il employoit pendant mon fejour à la conception, dit cet Auteur, (x) à faire fix Canons de campagne de fix livres de balle.

Ces montagnes me rappellent d'avoir lû dans l'Ouvrage de Mr. de P. (y) que l'élévation du terrein de la Tartarie orientale forme la boffe la plus élevée, & la plus énorme de notre Globe. Il avoit oublié fans doute, que depuis qu'on a méfuré les montagnes de *Cimboraco*, la hauteur & l'étendue des Andes ou Cordilieres, elles ont été réconnues unanimement pour les montagnes les plus élevées de toute la terre. Il l'avoit dit lui-même d'après les obfervations de Mrs. de la Condamine

(x) ibid.
(y) Tom. II. p. 343.

& Bouguer. Ce seroit donc en Amérique, & non en Tartarie, suivant
son systême, qu'il faudroit chercher
les plus anciens peuples de l'Univers:
il traite cependant les Américains de
peuple nouveau & encore dans l'enfance. Pour appuyer cette hypothèse
Mr. de P. nous les représente comme
des hommes dont les facultés sont encore tellement engourdies qu'on n'a pu
jusqu'àprésent, les développer pour en
faire des hommes. Si nous en croyons
cependant ceux qui ont vécu longtems
avec eux, ils ne manquent pas d'esprit, & il n'a besoin que de culture. (z)
Ils raisonnent fort bien, & ne font rien
qu'ils n'y ayent mûrement pensé. Ils
consultent toujours entr'eux avant que
d'entreprendre quoique ce soit, prennent l'avis des anciens, auquel ils de-
ferent beaucoup, à cause de leur expérience.

(z) Voyage de la France équinoxiale p. 351 & suiv.

I 4

Nous reconnoiſſons la bonté de leur eſprit, dit le Baron de la Hontan, dans leur façon de traiter avec nous, & ſurtout dans leurs ruſes de guerre. Ils ſont même diſſimulés ; & ſouvent lorſqu'ils vous careſſent le plus, c'eſt alors qu'il faut s'en défier. Ils ont naturellement du penchant pour la gravité, ce qui les rend très circonſpects dans leurs paroles & dans leurs actions ; (a) cependant ils gardent un certain milieu entre la gayeté & la mélancolie ; mais les jeunes gens ſont gays, & trouvent les manieres françoiſes aſſez de leur goût.

Lorſqu'ils ſont avec des amis ſans témoins, ils raiſonnent très bien, & avec autant de hardieſſe que lorſqu'ils ſont dans le conſeil. Ce qui paroîtra extraordinaire aux perſonnes qui ne les connoiſſent pas ſous d'autres idées que celles de *Sauvages*, c'eſt que n'ayant

(a) P. 303. & ſuiv.

pas d'études, & fuivant les pures lumieres de la Nature, ils foyent capables de fournir à des converfations fouvent de plus de trois heures, fur toutes fortes de matieres, & dont ils fe tirent fi bien, qu'on ne regrette jamais le tems que l'on a paffé avec ces philofophes ruftiques.

Les Mexicains font bien partagés du côté de l'efprit; (b) ont du génie pour la mufique inftrumentale, & pour la peinture. Ils font de très jolis tableaux avec les plumes de leur admirable oifeau *Cincon*; & ils excellent en cifelure d'orfévrerie, comme les Chiliens en broderie d'or & d'argent: leurs ouvrages font admirés des connoiffeurs.

Quoique les Sauvages n'ayent pas appris la Géographie, ils font les Cartes les plus exactes des pays qu'ils con-

(b) Atlas & Differt. de Guedeville. Tom. VI. p. 102. & fuiv.

I 5

noiffent.  Il n'y manque que la latitude & la longitude des lieux.  Ils y
marquent le vrai Nord, fuivant l'étoile
polaire, les ports, les havres, les an-
fes, les rivieres, les côtes des lacs,
les montagnes, les bois, les marais,
les chemins, les prairies &c. en comp-
tant les diftances par journées, demi
journées de guerriers ; chaque journée valant cinq lieuës.  Ces Cartes
chorographiques particulieres font faites fur des écorces d'arbres. (c)  Ils
ont une idée merveilleufe de tout ce
qui eft à leur portée, ayant acquis leurs
connoiffances par une longue expérience, & par le raifonnement.  On les
voit traverfer des forêts de cent lieuës
fans s'égarer; & connoiffent exactement l'heure du jour & de la nuit,
lors-même que le tems eft couvert à ne
voir ni le foleil, ni les étoiles.  Leur
vûe eft fi bonne & leur odorat fi fin

(c) La Hontan p. 203.

qu'ils fuivent la pifte des hommes ou
des bêtes fur l'herbe & fur les feuilles.
On ne fauroit donc difconvenir, continue *la Hontan*, que les Sauvages n'a-
yent beaucoup d'efprit, & qu'ils n'en-
tendent parfaitement bien leurs inté-
rêts & ceux de leurs nations. (d)

Sans avoir de Licurgues pour Lé-
giflateurs, les Caraibes, & en général
tous les Américains refpectent infiniment les vieillards, les écoutent avec
attention, déferent aux fentimens des
anciens, & fe réglent fur leurs volontés.
Ils font naturellement francs, véridiques, & ont donné dans tous les tems
des marques de candeur, de courtoi-
fie, d'amitié, de générofité, & de
gratitude. Ceux qui les ont pratiqué
longtems leur rendent plus de juftice
que Mr. de P. Si l'on trouve aujourd'hui chez eux le menfonge, la
perfidie, la trahifon, le libertinage,

(d) ib. p. 112.

& plusieurs autres vices, on doit s'en prendre aux pernicieux exemples des Européens, & aux mauvais traitemens que ceux - ci ont exercé contre eux. À chaque page des rélations, on voit combien ceux de l'ancien Continent ont fait valoir dans le nouveau, l'art qu'ils sçavent si bien, de tromper vilainement.  On y voit la foi promise, fauffée lâchement dans toutes les occasions; les Européens toujours pillant, brûlant impitoyablement les maisons & les villages des Américains, violant leurs femmes & leurs filles, & se laissant emporter à mille autres excès inconnus à ces peuples avant que les Européens les eussent fréquentés.

Mr. de P. accuse les naturels du nouveau Monde d'une indifférence hébétée à l'égard de tout, & d'une insensibilité stupide, qui font, dit-il, le fond de leur caractère, au point qu'aucune passion n'a assez de pouvoir sur eux, pour ébranler leur ame, (e) que c'eſt un vice de Nature, une foibleſſe d'eſprit & de corps. Mais l'en croira-t-on plutôt que ceux qui les ont fréquentés longtems? Il eſt vrai qu'il ne ſont pas jaloux, & ſe moquent des Européens à cet égard. On ne voit jamais parmi eux cette fureur aveugle, que nous appellons amour. Leur amitié, leur tendreſſe quoique vive, & animée, ne les entraine jamais dans ces emportemens & ne les portent pas à ces excès que l'amour inſpire à ceux qui en ſont poſſedés. Jamais femme ni filles n'ont occaſionné de déſordres chez eux. Les femmes ſont ſages & les maris auſſi : non par indifférence, mais par l'idée de la liberté qu'ils ont de dénouer quand ils veulent, le lien du mariage. Les filles ſont libres, maitreſſes de leurs corps & de leurs volontés, ainſi que les garçons, elles

(e) Tom. II. p. 154.

ufent de cette liberté, comme bon leur femble, fans que pere, mere, frere ni fœur ayent droit de leur faire des reproches à ce fujet. (f)

Mais les Américains ne font pas indifférents fur la gloire; ils fe piquent même de valeur. Quand Mr. de P. a parlé d'eux comme il l'a fait, il ignoroit leur amour pour la gloire, & que leur vanité eft le vrai mobile de prefque toutes leurs actions.

L'avanture du Pere Feuillée prouve bien que ces peuples ne font pas fi infenfibles que le dit Mr. de P. un feul mot, le terme de *pauvre femme* manqua à lui couter la vie. Recevez *pauvre femme,* cette Piaftre, dit le Pere Feuillée à une vieille Indienne, qu'il croyoit dans la mifere. „Je n'eus „pas achevé de prononcer ces paroles, „dit-il, (g) que s'élevant de rage fur

(f) La Houtan p. 131.
(g) P. 386.

„fes pieds, elle fe jetta fur moi avec
„furie, prête à m'égorger ; de plus
„elle m'accabla de mille injures, & de
„mille différentes malédictions, dont
„la langue Indienne eft toute remplie ;
„me reprocha les cruautés atroces que
„les Européens avoient exercées fur
„eux, en raviffant leurs biens, &
„leurs tréfors; elle me fit fentir que
„je ne devois pas la traiter de *pauvre*
„*femme*, difant que je n'étois moi-
„même qu'un gueux, contraint d'aban-
„donner mon pays, & d'entreprendre
„de fi longs & de fi pénibles voyages
„pour venir enlever leurs tréfors;
„qu'aurefte les Indiens poffedoient
„plus de richeffes dans un petit coin
„de leur Empire, que les Européens
„dans toute l'étendue de leurs plus
„grands Royaumes... Les deux In-
„diens qui étoient avec elle, fe con-
„tentereut de me chaffer de cette ca-
„bane, par ordre de cette mégere,

„qui ne voulut jamais entendre rai-
„fon; & me jetta ma piaftre au nez.
„Je la ramaffai, quoiqu'affez mortifié
„d'avoir donné de l'argent pour me
„faire accabler d'injures, & me voir
„même expofé à perdre la vie. Je
„me trouvai fort heureux d'être échap-
„pé de leurs mains à fi bon marché."

Cet exemple entre mille autres
prouve combien Mr. de P. a tort de
dire que rien n'eft capable d'émouvoir
leur ame. D'ailleurs ils font très jaloux de paffer pour vaillans & courageux. Cette ambition les porte à
fouffrir les plus cruels tourmens fans
fe plaindre. Auffi les naturels des Iles
Antilles & de la terre ferme qui les
avoifine, aiment à être appellés *Ca-*
*raibes;* parcequ'en leur langue ce terme fignifie *brave & belliqueux.* Ils
ne font cruels qu'envers leurs ennemis
reconnus; par la douceur & les bonnes
manieres on gagne tout fur eux. J'admire

mire la réflexion de Mr. de P. à cet égard. Eſt-elle bien philoſophique, quand il en conclut que les Américains, n'en ſont que plus ſtupides, & par là ſe rapprochent davantage des enfans & des animaux que l'on apprivoiſe par la douceur? Penſe-t-il donc que pour être homme, on doit être inacceſſible aux ſentimens d'honneur, aux impreſſions de la douceur & de l'humanité; ou que tous les hommes ſont du caractère des Nègres & de quelques autres nations, qui veulent être menés rudement & à force de coups, ſans quoi ils deviennent inſolens, pareſſeux & infideles? Ce ſeroit par là même qu'ils reſſembleroient bien mieux aux Anes & autres animaux domeſtiques qu'on ne fait obéir qu'à coups de bâton.

Non, non les Américains ſont des hommes, & des hommes ſuſceptibles de ſentimens de gratitude. Ils ſentent

K

le bien qu'on leur fait, ne l'oublient pas dès qu'ils n'ont plus befoin de vous, comme la plûpart des peuples civilifés de notre Continent; & ils fe conduifent par principes d'honneur & de reconnoiffance.

Les richeffes ne les tentent pas; ils n'ont pas l'ambition d'accumuler de l'or & de l'argent; mais fi en confé quence de leur indifférence à cet égard, Mr. de P. a raifon de les traiter de ftupides, nous avons donc été juf- qu'àpréfent des fots admirateurs de Bias & de ces autres Grecs à qui nous avons donné les titres de *fages* & de *philofophes*. Ceux-ci méprifoient les richeffes, & ceux qui avoient l'ambition d'en amaffer. Les Améri- cains reprochent à tous propos aux Eu- ropéens leur avarice & l'ambition qu'ils ont d'accumuler des biens pour eux, qui n'en jouïffent pas, & pour leurs enfans, qui les prodiguent enfuite.

Ils se moquent de nous, dit l'Auteur de l'Histoire naturelle & morale des Antilles, ils se moquent de nous, & disent que, puisque la terre est si capable de fournir la nourriture à tous les hommes, ils devroient s'occuper simplement de sa culture. Aussi ajoute le Chevalier de Rochefort, sont-ils libres des soucis des choses qui appartiennent à la vie & incomparablement plus robustes, plus sains, plus gras que les Européens. Ils vivent sans chagrin, sans inquiétudes, méprisant l'or & l'argent, comme les Lacédemoniens. Les préjuges de l'éducation nous les font regarder comme des hommes réduits à la derniere misere; mais ils sont effectivement plus heureux que nous. Ils ignorent les curiosités & les commodités superfluës, qui deviennent des besoins pour nous, & que l'on recherche en Europe avec tant d'avidité & de peines. Ils s'en

K 2

paſſent, & avec réflexion. Leur tranquillité n'eſt point troublée par les ſubſides & l'inégalité des conditions. Ils ne ſouhaitent pas cette magnificence de logemens, de meubles, d'équipages qui ne font qu'irriter l'ambition ſans la ſatisfaire, & flattent quelques momens la vanité, ſans rendre l'homme plus heureux. Ce qui eſt encore plus remarquable, dit Frézier, c'eſt qu'ils ſentent très-bien leur bonheur, quand ils nous voyent chercher de l'argent avec tant de fatigues.

Il faut peu de choſe pour ranimer leur fierté naturelle ; & comme ils ſont fort orgueilleux ajoute le même Auteur, ils ſouffrent avec peine la vanité de ceux qui veulent les commander. Mais l'on trouve parmi ces peuples que nous appellons *Sauvages*, autant de police, & plus de bonne foi que chez les nations les plus éclairées, & les mieux gouvernées. S'ils vont à la

chaſſe ou à la pêche ; s'ils abattent des
arbres pour faire des maiſons, ou clore
un jardin, ils le font autant par di-
vertiſſement que par le beſoin de nourriture, & par la néceſſité de ſe garantir des bêtes féroces. Ces peuples
ne peuvent revenir de l'étonnement
que leur cauſe la préférence que les
Européens donnent à l'or & à l'argent
ſur le verre & le criſtal, qui ont, di-
ſent-ils bien plus d'éclat & de brillant.
Ils montrent aux chrétiens une piéce
d'or en leur diſant : voila le Dieu des
chrétiens. Pour ceci ils quittent leurs
pays ; pour ceci ils viennent nous perſécuter, nous chaſſer de nos habitations ; pour ceci ils ſe tuent ; pour
ceci ils ſont toujours dans l'inquiétude
& les ſoucis. Quand ils voyent un
Européen triſte & penſif, ils lui en
font doucement la guerre, & lui di-
ſent : Compere (terme d'amitié) Compere tu es bien miſérable d'expoſer ta

K 3

perſonne à de ſi pénibles voyages, de te laiſſer ronger à tant de ſoucis. La paſſion des richeſſes te fait endurer toutes ces peines. Tu appréhendes continuellement que quelqu'un ne te vole en ton pays, ou dans celui-ci, ou que tes marchandiſes ne ſoyent englouties par la mer: ainſi tu vieillis en peu de tems; tes cheveux blanchiſ-ſent, ton frond ſe ride, mille incom-modités te tourmentent; & au lieu d'être gai & content, ton cœur rongé par le chagrin te fait courir à grande hâte au tombeau. Tu viens nous chaſ-ſer de notre pays, & tu nous ménace ſans ceſſe de nous ôter le peu qui nous en reſte: que veux-tu donc que devienne le pauvre Caraïbe? faudra-t-il qu'il aille habiter la mer avec les poiſſons? ta terre eſt donc bien mauvaiſe, puiſque tu la quitte pour venir prendre la mienne; ou tu as bien de la malice de venir

ainſi de gayeté de cœur me perſécuter. (h)

Cette plainte, ce doux reproche
ſont-ils d'un ſtupide & d'un hébeté?
je le demande à Mr. de P. & à ceux
qui adoptent ſon opinion: ou plutôt
n'eſt-ce pas une leçon donnée à des
gens, qui ont en effet beſoin d'aller à
l'école de la raiſon & du bon ſens?

Oui les naturels de l'Amérique en
ont beaucoup. Ils aiment & eſtiment
leur pays plus que celui des autres.
Ont-ils tort? que viendroient-ils
chercher en Europe pour les beſoins
de la vie, & la conſervation de leur
exiſtence, unique objet de leurs déſirs?
plus ſenſés, plus ſages que nous ils
ſont comme Socrate, de qui Platon
diſoit, qu'il étoit moins ſorti d'Athe-
nes pour voyager, que les aveugles &
les boiteux: qu'il ne déſira jamais de

(h) Hiſtoire naturelle & morale des Iles Antilles.

K 4

voir d'autres villes que la sienne, ni de vivre sous d'autres loix.

Nos ambitieux à qui la passion des richesses tourne la tête, & leur ôte la faculté de refléchir philosophiquement, taxent, avec Mr. de P. cette indifférence de foiblesse d'esprit & de corps. Ne devroient ils pas la regarder comme une vertu? elle est d'autant moins étonnante chez les Américains, que le Sol des pays qu'ils habitent, leur fournit de lui-même, non seulement tout ce qui est de nécessité, mais encore mille agrémens, dont nous ne jouissons chez nous qu'à force de peines & de travaux. Ulysse le plus sage des Grecs, dit Ciceron, (i) préféra Ithaque à l'immortalité.

(i) Tanta vis patriæ est, ut Ithacam illam in asperrimis Saxulis tanquam nidulum affixum sapientissimus vir immortalitati ante poneret. Cic. Lib. I. de Orat.

Ces peuples, qu'un orgueil fort mal placé nous fait méprifer, font heureux au moins en ce qu'ils ignorent le *tien* & le *mien,* ces deux mots fi funeftes à la Société, & defquels ont pris naiffances toutes les divifions, toutes les querelles qui s'élevent parmi les hommes. L'intérêt ne caufe point de procès parmi eux. Tout ce qui eft à l'un eft à l'autre; & les fécours mutuels qu'ils fe prêtent en toutes occafions, font voir que, fi leurs mœurs manquent de culture, & de ce qu'il nous plait d'appeller du beau nom de *politeffe,* les principes naturels d'humanité font encore plus entiers parmi eux, que chez les peuples civilifés, qui les méprifent. Cette indifférence des Américains pour les richeffes n'a pas la religion pour principe, puifqu'on convient prefqu'unanimement qu'ils n'ont aucun culte, & que l'on ne trouve pas même dans leurs langues

K 5

un terme pour exprimer la Divinité.
C'eſt une vraye philoſophie naturelle,
& non une apathie générale pour tout.
Extrêmement ambitieux de gloire,
quand il faut aller à la guerre, les
chefs les exhortent tous à ſe bien com-
porter. Ils leur remontrent la gloire
qu'ils recevront, s'ils ſe font remarquer
par des actions de courage & de bravoure ; & au contraire l'infamie éter-
nelle qui les attend, s'ils ſont lâches
& poltrons.

On ne voit parmi eux d'autres
honneurs héréditaires, que celui d'être
reſpecté comme anciens à cauſe de leur
expérience. Le Chef ou Capitaine
ne doit le choix que l'on fait de lui
qu'à ſon courage, ſa bravoure, ſa bonne conduite & ſes belles actions. Anciennement celui qui aſpiroit à cette
dignité étoit obligé de paſſer par des
épreuves capables d'en faire perdre
l'envie au plus intrepide : Il devoit

tout endurer, fans faire paroître le moindre figne de douleur. On peut voir le détail de ces épreuves dans les rélations de Laet, de Lery, de Biet, dans les differtations de Guedeville &c. aujourd'hui prefque toutes les nations du nouveau Monde choififfent pour chef, ceux qui fe font acquis beaucoup de réputation de force, de bravoure, & de courage dans les guèrres qu'ils ont foutenues contre leurs ennemis.

Mais le Chef ou Cacique n'a d'autres fonctions que de marcher à la tête de fes Camarades pour le tems de la guerre; d'en expofer le fujet, après avoir convoqué l'affemblée; de prefcrire les jours de pompe & de réjouiffance: mais il n'a aucun pouvoir fur ceux de la nation.

Ces peuples fi idiots fuivant nous confervent cependant un tel fentiment de liberté qu'ils traitent les Européens de vils efclaves, fur ce qu'ils fe fou-

mettent aveuglement aux volontés d'un
feul homme; qui difpofe d'eux comme
d'un troupeau de moutons & de mario-
netttes qu'il fait mouvoir à fon gré.

Où Mr. de P. trouvera-t-il donc
cette prétendue lâcheté des Américains? en ce qu'il font la guerre par
furprife: comme fi parmi les Européens on ne fe fait pas encore aujour-
d'hui un mérite d'employer la rufe
pour furprendre fon ennemi. Igno-
roit-il l'axiome, *virtus an dolus quis
in hofte requirat?* La rufe & la furprife ne font donc pas toujours des
preuves de lâcheté. Les Canadiens,
les Mexicains, les Caraibes font, il
eft vrai, la guerre par furprife; mais
tout le monde fçait qu'ils font braves, (k) courageux, qu'ils veulent toujours vaincre ou mourir; & fe font
plutôt hacher en piéces que de fe laiffer prendre. Ils fe jettent même avec

(k) Hift. Nat. des Antilles.

fureur au milieu des ennemis, pour culbuter tout ce qui leur fait réfiftan-ce, & pour arracher des mains des ennemis leurs camarades bleffés ou pri-fonniers. Les Icaques s'eftimeroient déshonorés, fi, lorfqu'ils arrivent fur le territoire de leurs ennemis, ils ne leurs donnoient avis de leur arrivée (l) & ne les fommoient de prendre les ar-mes pour fe défendre.

Les Américains voifins du Chili, peuple belliqueux, qui ont fouvent vaincu les Efpagnols, & n'en ont pu encore être fubjugés, leur font décla-la guerre & leur dire: *nous irons te trouver dans tant de lunes.* Les In-cas faifoient de même avant l'invafion des Efpagnols. Prefque tous ces peu-ples ont la gloire & la bravoure en fi grande récommandation, que pour en réveiller & nourrir les fentimens dans le cœur de la jeuneffe, ils ne peuvent

(l) Garcilaffo. Liv 5. Chap. 12.

ſe marier qu'au retour de la guerre.
Ceux qui ne s'y ſont pas comportés
vaillament, ne trouvent point de filles,
qui veuillent les épouſer. Une femme
eſt le prix du courage & des ſentimens
généreux. Chez les Breſiliens il faut
avoir tué quelques ennemis, & en
montrer les dépouilles: cet uſage eſt
encore en vigueur dans quelques Cantons de la Tartarie & de la Carma-
nie. (m) Qui ne ſçait que Saül exigea
de David les têtes de cent Philiſtins,
comme une condition préalable pour
lui accorder ſa fille en mariage?

Non, il n'eſt pas vrai que les naturels de l'Amérique ſoient tous une race
d'hommes lâches, puſillanimes, ſans
force & ſans vigueur de corps & d'eſprit. Les Anglois en firent une triſte
expérience dans la derniere guerre du
Canada. Ceux-ci renfermés dans le

(m) Vincent le Blanc I. Part. Chap. 30. &
Alexandre d'Alexandre Liv. I. Chap. 24.

Fort Edoward, ne purent résister à l'assaut qu'y donnerent les Iroquois, très-inférieurs en nombre aux Anglois. Mr. de Moncalm, pour ménager ces braves Américains, peu au fait de l'attaque d'un Fort, vouloit la confier aux François qu'il commandoit; & laisser les Sauvages pour le camp de réserve. Ceux-ci l'ayant appris, sentirent leur amour propre très mortifié: leur orgueil se réveilla, ils se crurent méprisés. Dans cette idée ils vont trouver Mr. de Moncalm lui demandent d'être commandés pour l'attaque du Fort, & d'y donner l'assaut, ou qu'ils se retireroient chez eux. Pour ne pas les rébuter M. de Moncalm y consentit, les Iroquois donnerent l'assaut & emporterent le Fort, malgré la vigoureuse résistance des Anglois.

Seroit-ce par lâcheté que les Péruviens & les Mexicains se sont laissés subjuger par une poignée d'Espagnols?

j'ai de la peine à le croire d'après les rélations des Efpagnols mêmes. Ceux-ci employerent tout ce que la fourberie, la trahifon & l'inhumanité furent capables de leur infpirer contre des peuples remplis de bonne foi ; qui loin de fe défier dés Efpagnols, les reçurent dans leurs Villes & dans leurs Palais ; leur firent l'accueil le plus gracieux, leur donnerent des préfents, comme à des amis ; leur montrerent tout ce qu'ils avoient de plus riche & de plus fuperbe, & ne fe mirent en défenfe que quand la trahifon des femmes Indiennes ne permit plus aux Péruviens & aux Mexicains de faire une réfiftance capable de les fouftraire à l'efclavage.

Les Efpagnols arrivent en Amérique, s'y préfentent comme des Centaures qui leur étoient inconnus, précedés d'inftrumens qui imitent les éclairs & le tonnerre, & en produifent les

triftes

triftes effets. Le ciel & la terre paroiffoient avoir conjuré leur perte.
Avec la même fimplicité des Américains quel Européen n'eût pas été faifi
de la même admiration & de la même
crainte? Mr. de P. a-t-il donc raifon d'en conclure que c'eft par une
lâcheté impardonnable & par ftupidité
qu'ils fe font plongés dans l'efclavage? (n) ceux qui n'ont pas fubi le
joug des Européens, nous prouvent le
contraire.

L'admiration étant fille de l'ignorance, il n'eft pas furprenant que les
naturels de l'Amérique nullement au
fait des arts, enfants de notre ambition, de notre convoitife, de notre
méchançeté & de notre luxe, & connoiffant peu ou point du tout ces belles chofes que l'étude & l'expérience
ont rendu familieres aux nations civilifées, ayent été faifis d'étonnement à

(n) Tom. II. p. 154.

L

la vûe d'objets extraordinaires, & de mille chofes dont ils n'avoient point d'idées. La fimplicité dans laquelle ils étoient, & font encore élevés, en eft la véritable caufe. Lorfque Mr. de P. nous la donne pour une vraye ftupidité, y avoit-il bien réfléchi? la fimplicité rend crédule; l'ignorance fait prendre le change; mais elles n'ô- tent ni la mémoire, ni le bon fens.

L'imagination en eft, il eft vrai, moins féconde, moins variée, faute d'une mémoire exercée & meublée d'images infiniment différentes, d'où pullulent une prodigieufe quantité d'idées; mais en a-t-on moins la faculté de lier, celles que l'on a?

Les idées des peuples du nouveau Monde fe bornent prefque à leurs be- foins. Comme ils font en petit nom- bre - parcequ'ils fe réduifent à ce qui peut contribuer agréablement à la con- fervation de leur être; l'ambition, l'avarice, la sensualité, le luxe & tout ce qui en est une suite, ne les dominant point, leur esprit ne se donne pas l'essor & ne s'exerce pas à trouver des moyens de satisfaire des besoins qu'ils ignorent, & qui ne font devenus réels pour nous que par l'habitude & les abus de notre éducation.

Il y a bien loin de cette simplicité Américaine à la stupidité! par la premiere ils font étonnés, ils admirent; hé combien n'en voyons nous pas au milieu de nous, qui nous prouvent à ce prix que tous les Américains ne font pas en Amérique!

Par la stupidité on est incapable de suivre la connexion des idées, d'en combiner les rapports. Ce n'est pas par où pêchent les naturels du nouveau Continent, malgré le ton affirmatif avec lequel Mr. de P. nous l'affure. Si l'ignorance de nos sciences & de nos arts les prive de beaucoup de commodités & de plaisirs, ils sont en revanche exemts de beaucoup de soucis, de beaucoup de peines, qui se multiplient chez nous à proportion de nos connoissances, & de notre ambition. Nous sentons très-bien quel bonheur ce seroit de nous rapprocher de cette simplicité; puisque nous nous plaignons sans cesse de ce que notre état & nos besoins fictices nous obligent de nous en éloigner. Nous préchons sans relâche ce bonheur que nous reconnoissons dans la médiocrité; nous sommes des hypocrites; avouons le de bonne foi, nous sommes des fourbes qui agissons en Européens & pensons en Américains. N'y a-t-il pas plus de stupidité à se tourmenter l'esprit & le corps, pour satisfaire des besoins fictices, fruits de notre imagination déréglée, qu'à les ignorer, ainsi que l'art & l'industrie de les satisfaire? la misere, la gêne donnent de l'industrie

& de l'efprit. *Vexatio dat intellectum.*
Voilà où en font réduits les Européens ; & ils ont la folie de fe croire
au milieu de la mifere plus heureux
que les Américains. Il me femble de
voir le plus vil des hommes, un men-
diant Efpagnol à qui tout manque,
marcher encore d'un pas grave & méprifant, croire & dire que toute la
terre eft à lui, & ne reconnoître au
deffus de lui que la Divinité. Un
peu moins d'orgueil & de vanité, &
nous eftimerons mieux les chofes ce
qu'elles valent.

Si les Américains ignorent la Géo-
métrie, c'eft que ne connoiffant ni
le *tien* ni le *mien*, ils n'ont pas befoin
de placer des bornes pour marquer les
limites des ufurpations. Ils fçavent
très-bien compter les années & les
mois par les aftres, fans le fécours de
cette Aftronomie, que nous employons à diriger la route de nos vaif-

feaux, pour aller envahir un or qu'ils
méprifent; & fans laquelle ils prennent comme nous les faifons telles que
fe préfentent; fement & cueillent les
fruits de la terre dans leur maturité.
Ainfi contents de leur pays & de fes
productions, ils ne font ni curieux
d'envahir celui des autres; ni affez
fous pour aller courir les dangers &
les rifques de la vie, inféparables des
voyages qu'il faut entreprendre pour y
parvenir. Couchés tranquillement
dans leurs cabanes, étendus fur des
peaux d'animaux, ou fur des nattes,
le fommeil vient à eux auffitôt qu'ils
le défirent: pendant qu'ennemi juré
des foucis & des inquiétudes, compa-
gnons inféparables de l'ambition, de
la molleffe, & de la cupidité, Mor-
phée fuit loin de ces appartemens où
l'or enlevé à ces philofophes ruftiques,
éclate, brille, éblouit de toutes parts.
Toujours libres, parceque ces enfans

de la Nature fentent mieux que nous les prérogatives & les droits de l'humanité, ils ne fçavent ce que c'eft que de fe donner des fers forgés par l'ambition, fabriqués par la vanité & ftupidement portés par la foibleffe. . Cés idiots Américains fçavent défendre leur vie, fans avoir l'idée d'arracher les hommes du fein de leur famille, & de la culture des terres, pour leur apprendre l'art inhumain & cruel de s'entretuer méthodiquement, & pour en faire, pendant que l'ambition fommeille, des efclaves fainéans dans certain pays, & dans d'autres des marionettes miférables.

Autre preuve de la ftupidité des peuples de l'Amérique, fuivant Mr. de P., mais auffi peu concluante que celles dont nons avons parlé. Ils ne fçauroient, dit-il, compter audelà de vingt; & font réduits pour exprimer ce nombre, à montrer tous les

L 4

doigts de leurs pieds & de leurs mains.

Ce fentiment eft celui de quelques Auteurs & adopté un peu trop légérement par Mr. de P. Lui qui réflechit fi philofophiquement, a-t-il pu fe perfuader que ces Peuples ne fçauroient réellement compter au delà du nombre vingtieme? ils fe trouvent fouvent dans le cas de faire des calculs plus étendus: ils les font; comment donc s'y prennent-ils? ils ont donc une maniere de les faire, une Arithmétique inconnue à Mr. de P. & aux Auteurs qu'il cite pour fes garants.

Quand les Caraibes fe propofent de faire une chofe au bout d'un tems dont le terme eft très éloigné, ils mettent dans une callebaffe la quantité de poids ou de petits cailloux qui exprime le nombre des jours au bout defquels ils doivent faire la chofe propofée: à la fin de chaque jour, ils ôtent un pois de la Callebaffe, le dernier pois ôté, ils font ce qu'ils avoient deffein de faire.

D'autres peuples font à une ficelle autant de nœuds, ou fur un petit bâton, autant de crans qu'il doit s'écouler de jours jufqu'à celui qu'ils ont en vûe. Tous les jours ils dénouent un nœud ou effacent un cran, jufqu'au dernier: alors ils partent pour la guerre, fi c'étoit l'objet de leur calcul, ou font ce qu'ils s'étoient propofé.

Dans leurs langues, je l'avoue fur la bonne foi des Auteurs, nous ne connoiffons point de termes qui expriment des nombres au delà de vingt: mais parcequ'ils nous font inconnus, devons-nous en conclurre qu'il n'y en a pas? chez nous deux fois dix ou vingt font des termes équivalents comme trois fois dix eft le fynonime de trente. Quand nous n'aurions pas enrichi notre langue des mots vingt, trente, on en

L 5

concluroit fort mal que nous ne fça-
vons pas compter jufquà ces nombres;
puifque nous pourrions y fuppléer par
deux fois dix ou trois fois dix, & ainfi
des autres nombres fupérieurs.

Pour calculer jufqu'à dix, les Américains ont réuni les deux nombres cinq
des doigts de chaque main : ils avoient
donc l'idée de doubler ce nombre cinq,
qui leur étoit connu, & d'en former
celui de dix : ils connoiffoient donc
également les nombres depuis un jufqu'à dix, favoient en faire l'addition,
& même les répeter comme nous pour
compter jufqu'à vingt : pourquoi ne
l'auroient-ils pas fçu faire jufqu'à trente & au delà ?

N'ayant pas l'ufage de l'écriture,
ils ont eu recours à leurs doigts, comme le font nos Européens qui ne fçavent pas écrire. Les doigts font pour
les uns & pour les autres des fignes dif-
tinctifs, des caractères mémoratifs, dont

le nombre eſt déterminé comme celui de nos caractères arithmétiques.

Quand les Américains ont voulu pouſſer leur calcul au delà de dix, ils ont ajouté le nombre des doigts de leurs pieds à celui des doigts de leurs mains.  Pour exprimer quinze, par exemple, ils ont l'idée de trois fois cinq : & l'expriment en montrant tous les doigts des deux mains, & ceux d'un pied.  Ils quadruplent enſuite ce nombre de cinq & en expriment l'idée qu'ils ont du nombre vingt, en montrant tous les doigts des mains & des pieds.

Mais dira - t - on, n'ayant que vingt doigts, ils ne ſçauroient donc exprimer tel nombre ſupérieur à celui-là.  Pourquoi ne le feroient - ils pas ? nous n'avons que neuf chiffres & le zero ; nous exprimons bien avec eux, tous les nombres poſſibles : en doublant, triplant, quadruplant, &c.

nous exprimons ces nombres par la répétition de ces mêmes dix caractères; & nous parvenons à fixer nos idées de calcul, soit pour nous servir de mémorial, soit pour communiquer ces idées à nos semblables. Les muets de notre Continent en montrant trois fois les dix doigts de leurs mains, nous communiquent l'idée qu'ils ont du nombre trente; qui doutera que les Américains n'en puissent faire autant? d'ailleurs l'emploi qu'ils font d'une quantité précise de pois ou de cailloux ou de nœuds, prouve clairement qu'ils ont l'idée de ce nombre déterminé, lors même qu'il passe vingt. Le nombre de jours, après lesquels ils se proposent de faire quelque chose équivaut souvent à celui de deux ou trois de nos mois; il est donc constant, qu'ils ont l'idée des nombres soixante & quatre-vingt-dix, ou quatre-vingt-onze. S'ils sçavent pousser leur calcul jusques là, j'ai droit d'en conclurre qu'ils le pouffent bien plus loin, que leur Arithmétique nous eft inconnue; & qu'elle leur fuffit pour leur ufage.

Quelques uns de ces peuples font leurs nœuds à des ficelles de différentes couleurs, & font à chaque ficelle le nombre de nœuds néceffaire pour exprimer leurs idées. Pourquoi ces ficelles de couleurs différentes? ne feroit-ce pas que les nœuds d'une ficelle expriment des nombres différents de ceux qui font exprimés par les nœuds d'une autre, & que chaque nœud a fa valeur déterminée? Ceux de la ficelle blanche, par exemple, pourroient être des unités; les nœuds de la rouge fignifieroient des dixaines; à la bleue feroient des centaines & ainfi des autres. L'Arithmétique palpable de Mr. Anderfon, qu'il exerçoit avec des épingles de différentes groffeur & longueur, fichées dans une table, fur différentes

lignes, étoit une Arithmétique dans
le goût de celle des Sauvages. Les
Apalachites faifoient leurs calculs au
moyen de petits coquillages noirs ou
de petites parties détachées des uns &
des autres, enfilés comme des grains
de pate-nôtres ; & ces coquillages leur
tenoient auffi lieu de monnoye. Parmi nous on calcule bien avec des
jettons.

Mais fans entrer dans le détail des
différentes fuppofitions de cette efpèce, on ne fçauroit nier que puifque
les naturels de l'Amérique font dans
le cas de faire des calculs déterminés
fort au deffus de vingt, & qu'ils les
font en effet, on a eu tort d'affurer
qu'ils ne fçauroient pouffer le leur
au delà.

En France & dans d'autres pays,
les Boulangers & Bouchers, employent
dans leur calcul mémorial, la méthode des Sauvages, en faifant des hoches

ou crans de trois fortes, fur un bâton fendu. Avec le fecours de ces crans ils poufferoient leur calcul à des millions. Auroit-on raifon de conclurre de leur ufage, qu'ils ne fçauroient compter au delà de vingt?

Mr. de P. (o) trouve une autre preuve de ftupidité dans les Américains, en ce qu'ils n'ont pas fçu faire ufage du fer forgé, & ils n'en avoient point; & celui de la monoye, qui leur étoit fi inutile, qu'actuellement encore ils ne veulent prefque pas toucher les métaux monnoyés. C'eft, difent-ils, un ferpent que les Européens nourriffent dans leur fein; qui empoifonne tous les plaifirs, leur ronge le cœur peu à peu, & les conduit promptement au tombeau (p). Il fenfuit de cette preuve, dit Mr. de P.

(o) Tom. II. p. 184.
(p) Atlas hiftorique de Guedeville. Tom. VI. p. 86.

que les peuples du nouveau Monde
font inférieurs en fagacité & en induftrie aux nations les plus groffieres de
notre Continent.

Lorfqu'il s'exprimoit ainfi, avoit-
il fait réflexion que la terre leur fourniffant d'elle-même les grains & les
fruits, & la chaffe les animaux pour
fe nourrir & fe vêtir, la monnoye leur
étoit plus que fuperflue; puifqu'elle
n'a qu'une valeur arbitraire; qu'elle
n'a été imaginée que comme un moyen
pour faciliter l'échange, dans les pays
où le tien & le mien caufent tant de
défordres, où les hommes facrifient à
l'ambition & à la fortune jufqu'à leur
propre repos; où la foif des richeffes
altère jufqu'à ceux qui font prépofés
pour maintenir l'ordre dans la fociété;
leur ferme les yeux fur le crime, &
leur fait voir des fautes dignes de punition dans l'innocence même. Le
non ufage de la monnoye met les
                                    Améri-

Américains au niveau des Circaffiens & des Tartares, qui les avoifinent. Allez chez eux, vous les trouverez vêtus de peaux, beuvant le lait aigri de leurs juments, ou de l'eau pure, vivant de fruits & de la chair des animaux qu'ils tuent à la chaffe. Il vous donnent le couvert & tout ce qu'ils ont, du cœur le plus généreux, & fans retribution. Ils fe donnent mutuellement les chofes qui leur font plaifir, ou dont ils ont befoin, fans faire ufage de la monnoye. Si on leur fait préfent de quelques bagatelles, ils les reçoivent avec actions de grace; & fi vous leur donnez de l'or ou de l'argent monnoyé, ils ne l'acceptent pas à titre de monnoye, & les employent à faire des crochets ou des agraphes. (q) En conclura-t-on que les Tartares & les Circaffiens font les peuples les plus ftupides de l'univers?

(q) Vincent le Blanc, Carpin, & la Motraye.

M

Tous les Américains en général ont l'hospitalité en recommandation, autant que les Circassiens & les Tartares. Nous les admirons; & avec notre urbanité prétendue, dont nous faisons tant de parade, nous nous contentons malheureusement de les admirer. S'ils avoient l'usage de la monnoye, ils deviendroient peut-être, aussi intéressés, aussi avares, & aussi peu généreux que nos Européens. Ne nous laissons donc pas aveugler par l'amour propre, au point de traiter de stupides, ceux dont la conduite est pour nous un objet d'admiration. Si les peuples du nouveau Continent méritent d'être regardés comme des idiots pour agir comme ils le font, quel titre faut il nous donner?

Dès qu'on n'est pas ennemi déclaré, on peut être assuré d'être accueilli des Américains avec une prévenance, & une courtoisie dont la comparaison avec notre empreſſement intéreſſé, devroit nous faire rougir. Envain ſe préſenteroit - on à eux ſous les dehors de la bienveillance & de l'amitié, ſi l'on eſt du nombre de leurs ennemis. La perfection de leurs ſens les garantit des piéges que l'on pourroit tendre à leur bonne foi. On aſſure que les Péruviens, les Breſiliens & ceux du Canada ont l'odorat ſi fin, qu'au flair ils diſtinguent un François d'avec un Eſpagnol & d'avec un Anglois. Les Caraibes connoiſſent un François à ſa voix, & le diſtinguent d'un Anglois & d'un Hollandois. Etes vous reconnu pour ami, on vous aborde, (r) on vous conduit au *Carbet;* chacun s'empreſſe de vous faire la bien venue. Le vieillard complimente le vieillard; le jeune homme & la jeune fille font toutes fortes de careſſes aux hôtes de leur

(r) Hiſtoire naturelle des Iles Antilles p. 458. & ſuivantes.

M 2

fexe & de leur âge ; dans l'air & le maintien de toute la troupe on lit clairement la fatisfaction qu'ils ont de vous voir. Ils vous demandent votre nom & vous difent le leur. En témoignage d'affection, ils fe nomment euxmêmes du nom de leur hôte, & on les flatte beaucoup, quand on fe nomme du leur.

Leur mémoire eft fi heureufe à retenir les noms des amis qui les ont vifités, qu'au bout de dix ans ils s'en fouviennent même fans équivoque, & recitent quelques circonftances de ce qui s'eft paffé de remarquable dans leur derniere entrevue. Si vous leur aviez fait alors quelque préfent, ils vous le rappelleront: & s'il étoit de nature à être confervé, ils vous le montreront en témoignage de gratitude & de réconnoiffance.

Parmi les Caraibes il y a toujours dans leur *Carbet* (lieu d'affemblée) un *Niouakaiti* ou Sauvage chargé d'ac-cueillir, de recevoir les paſſans & de donner avis de leur arrivée.

Où Mr. de P. a-t-il donc pris que les Américains manquent abſolu-ment de mémoire, & qu'aucune paſſion n'eſt capable d'émouvoir leur ame?

Je laiſſe aux gens ſages à comparer nos auberges avec les Carbets, & la conduite des Européens à cet égard, avec celle des peuples de l'Amérique. Dans celle-ci je trouve les ſentimens d'un cœur humain, généreux, ceux de la véritable nobleſſe. Dans la no-tre je n'en vois que l'image groſſiere, avilie ou par la vanité, ou par la cu-pidité. Crainte d'augmenter notre honte en préſentant à nos yeux des objets de comparaiſon, qui ne ſeroient pas à notre avantage; à nous, qui nous piquons ſi mal à propos de raiſonner & d'agir philoſophiquement, je n'en-trerai pas dans le détail de la réception

M 3

que les peuples du nouveau monde font
à leurs hôtes. D'ailleurs le cérémo-
nial varie un peu fuivant les Nations.
Mais tous vous fervent à manger & à
boire ce qu'ils ont de meilleur, & vous
entretiennent le plus gayement qu'ils
peuvent, tout le tems que vous reftés
avec eux. Ils vous follicitent, ils
vous preffent amicablement, & vous
les défobligeriez, de ne pas emporter
ce qui refte après que votre appetit a
été fatisfait.

Cet ufage me rappelle celui de
quelques Nations de notre Continent.
Les Turcs rempliffent leur mou-
choir & quelques fois les manches
de leur robe des morceaux de viande, & de pain du repas qu'on
leur a fervi & les emportent chez
eux. (s) Les grands Tartares ne pouvant achever la viande qui leur a été
préfentée, donnent le refte à leurs

(s) Buchequius, Liv. IV.

domeſtiques. (t). Parmi les Chinois, les domeſtiques du Convié emportent chez lui les mets qui ſont reſtés ſur la table.

Notre avarice introduira ſans doute, cet uſage parmi nous. La ſenſualité des Dames l'a déjà introduit en pluſieurs endroits, à l'égard des ſucreries & des autres friandiſes du deſſert. Encore un pas nous voilà, Turcs, Chinois, & Tartares. Mais chez les Américains la générofité en eſt le principe. Chez nous quel eſt-il? je le laiſſe à deviner.

Plus vous reſtez chez les peuples du nouveau Continent que vous viſitez, plus leur plaiſir augmente. A votre depart le chagrin ſuccède au plaiſir; la triſteſſe de leur cœur eſt peinte ſur leur viſage. Lorſqu'après bien des ſollicitations, ils n'eſpèrent plus pouvoir vous retenir, la ſincérité de leurs

(t) Rubruquis Voyage de Tartarie.

M 4

difcours eft fcellée par les effets; ils vous font des préfens de fruits & des autres chofes qu'ils ont à leur difpofition. Tacite dit (v) que les anciens Allemands régaloient les Européens, & leur faifoient quelques libéralités; mais il ajoute, qu'ils exigeoient auffi quelque chofe de leur part: en cela bien moins généreux & moins nobles que les peuples de l'Amérique: les Allemands d'aujourd'hui, & beaucoup d'autres ne me paroiffent gueres difpofés à condamner la conduite de leurs ancêtres. De combien de vertus, de combien de grands fentimens d'humanité bannis de notre Continent par l'ambition & le vil intérêt, les Nations qui fe difènt civilifées, ne trouveroient-elles pas les modèles chez ces prétendus ftupides Américains? un Sauvage n'a-t-il pas réuffi à la chaffe, fes camarades le fecourent, même fans en

(v) Livre des mœurs des anciens Allemands.

être priés. Si son fusil se creve, se brise, chacun s'empresse à lui en procurer un autre. Si ses enfans sont tués ou pris par les ennemis, on lui donne autant d'esclaves qu'il en a besoin pour le faire subsister. Ils ne se querellent, se battent, ni ne se volent, & ne médisent jamais les uns des autres. S'ils ne font pas des sciences & des arts tout le cas que nous en faisons, c'est qu'ils prétendent que leur contentement d'esprit surpasse de beaucoup notre luxe & nos richesses, & que toutes nos sciences ne valent pas une tranquillité parfaite.

Chez nous les Architectes s'étudient à faire des édifices superbes, & si solides en apparence, qu'ils semblent vouloir braver les siécles & faire disputer la durée de leurs ouvrages avec celles du Monde. Les Chinois nous taxent en conséquence, de vanité & d'orgueil, & les Américains nous

M 5

taxent de folie. Ils ne méfurent la durée de leurs logemens qu'à la briéveté de leurs vies, & la diftribution fur leurs befoins. La raifon qui les détermine auffi à ne pas conftruire des maifons belles & folides dans le goût des nôtres, eft que quand la place leur déplait, ils en changent, foit pour refpirer un autre air, foit pour d'autres motifs; tel que celui de la mort de quelqu'un; parcequ'alors ils la regardent comme infectée de maladie.

Prefque tous nos autres arts font les enfans d'un luxe qu'ils méprifent, ou de nos befoins qu'ils ignorent; auffi difent-ils que nous prennons perpétuellement le change fur la véritable idée que nous devons avoir des hommes & des chofes. Chez vous, ajoutent-ils: on méfure fon eftime fur le brillant des habits & fur les titres d'un homme, parcequ'on les fuppofe accompagnés de beaucoup d'or &

SUR L'AMÉRIQUE. 187

d'argent. Parmi nous, pour être homme il faut avoir le talent de bien courir, de chaffer, de pêcher, tirer adroitement une flêche ou un coup de fufil, conduire un canot, fçavoir faire la guerre, connoître parfaitement les forêts, vivre de peu, conftruire des cabanes, & fçavoir faire cent lieuës dans les bois fans autre guide ni provifions que fon arc & fes flêches.

On auroit cependant tort avec Mr. de P. d'en conclure que les Américains manquent de génie pour les arts & les fçiences. Ce que le Chevalier de Rochefort dit des Apalachites & des Caraibes dans fon hiftoire des Antilles, & ce que nous lifons dans les rélations du Mexique & du Pérou prouvent bien clairement le contraire : ils pourroient même nous difputer l'avantage fur beaucoup de chofes ; j'en appelle an témoignage de Mr. de la Condamine que j'ai déjà

cité à ce fujet.  Je ne fçai en effet fi
nous oferions entreprendre de faire un
pont tel que celui qu'ils ont conftruit
auprès d'Andaguelais, connu fous le
nom du fameux pont d'*Apurima*.  Il
s'étend en longueur fur une coupure de
montagne d'environ cent vingt braffes
de large, & d'une profondeur affreufe,
que la nature a taillé à plomb dans le
roc, pour ouvrir un paffage à une riviere.  Cette riviere roule fes eaux
avec tant d'impétuofité, qu'elle entraine de fort groffes pierres; & qu'on ne
peut la traverfer à gué qu'à vingt cinq,
ou trente lieuës de là.  La largeur &
la profondeur de cette breche, jointe à
la néceffité de paffer dans cet endroit,
ont fait inventer un pont de cordes,
faites d'écorces d'arbres, large d'environ fix pieds.  Ces cordes font entre-
lacées de traverfes de bois.  On paffe
deffus même avec des Mules chargées;
non fans crainte à la vérité; comme

on peut le voir dans les relations de Mr. de la Condamine & de Frézier; car vers le milieu on fent un balancement capable de caufer des vertiges. Mais comme il faudroit faire un detour de fix à fept journées, pour paffer ailleurs, tout ce qui circule de denrées & de marchandifes de Lima à Cufco, & dans le haut Pérou, paffe deffus ce pont. Aujourd'hui le Roi d'Efpagne l'entretient, moyennant quatre réaux qu'ils exige de chaque charge; ce qui lui produit des fommes confidérables.

Comment Mr. de P. accordera-t-il la mal adreffe, dont il taxe tous les peuples de l'Amérique avec l'admiration que leurs ouvrages excitent dans l'efprit des perfonnes mêmes accoutumées à voir les plus belles chofes? Voyez les hamacs, les panniers de jonc, teints de diverfes couleurs, les tableaux de plumes des Mexicains, les

fiéges, les tables de bois poli des Caraibes, leurs arcs, leurs flêches, &
leurs carquois; les vafes pour boire &
pour manger, peints & enjolivés de
mille grotefques; les broderies en or
& argent faites par les Indiens du
Chili, les cifelures des Péruviens.
Nous confiderons toujours ces chofes
avec un nouveau plaifir; nous admirons la beauté de ces vafes, la délica-
teffe, la légereté de leurs arcs & de
leurs flêches, l'adreffe à y ajouter des
plumes & des cailloux travaillés avec
un poli admirable, les incruftations
d'os de poiffons, & de différens bois
diftribués avec goût fur leurs carquois,
& dont les couleurs font ménagées,
& difpofées de maniere, que leur fy-
métrie même nous charme & nous ra-
vit.    Ou nous fommes de grands fots,
plus ftupides que ces Américains; ou
Mr. de P. a grand tort de les traiter
de gens hébétés.

Avant qu'ils euffent communication avec les Européens, ils creufoient le bois, & faifoient tous leurs ouvrages avec des pierres dures aiguifées, & emmanchées à peu près comme le font nos haches & nos outils : le travail étoit long & pénible ; mais ils venoient à bout de faire fans nos outils d'acier ce que nos ouvriers les plus habiles ont bien de la peine à faire avec les leurs. Depuis qu'on leur en a donnés, ils en font ufage fans avoir appris à s'en fervir, de maniere cependant à nous convaincre de leur aptitude, & de quoi ils feroient capables dans les arts, s'ils étoient inftruits par de bons maitres. (y) Le Chevalier de Rochefort & Briftock, ne font pas les feuls qui rendent témoignage à l'induftrie des peuples de l'Amérique. J'ai déjà cité Mr. de la Condamine & je rapporterai encore ici fes termes ; parce

(y) Hift. Nat. des Antilles, p. 454.

que cet Auteur ne sera pas suspect à Mr. de P.

„Le défaut de fer & d'acier les a „souvent arrêté, dit ce Savant, (z) „quelquefois ils ont heureusement sur-„monté ces obstacles. Mais souvent „leur industrie s'est arrêtée, où finis-„soient leurs besoins. . . . Ils ont „réussi à fondre l'or & l'argent, & à „les jetter en moule. . . . Le plus „habile tailleur de pierre d'Europe; „quelqu'adresse qu'on lui suppose, se-„roit sans doute fort embarrassé à „creuser ainsi un canal courbe & régu-„lier, dans l'épaisseur d'un granit, „avec tous les secours de l'art, & les „meilleurs instrumens de fer & d'acier. „A plus forte raison sera-t-il diffi-„cile d'imaginer comment les anciens „Péru-

(z) Mémoire sur quelques anciens monumens du Pérou. Dans les Mémoires de cette Académie de 1746.

„ Péruviens ont pu réuſſir avec des ha-
„ ches de pierres dures, ou de cui-
„ vre, telles qu'on en trouve dans leurs
„ anciens tombeaux ou avec d'autres
„ outils équivalents, ſans équerre ni
„ compas ‑‑‑ les vaſes & la vaiſſelle
„ d'or & d'argent, les habillemens
„ couverts de petits grains d'or plus fin
„ que la ſémence de perles, & dont
„ les Orphevres de Séville ne pou-
„ voient concevoir le travail, ſont une
„ grande preuve de leur induſtrie.
„ J'ai vû pluſieurs de ces beaux vaſes,
„ ajoute le même Auteur, j'en ai mê-
„ me encore quelques uns entre les
„ mains, d'une grande délicateſſe ; &
„ je regrette la perte d'un grand nom-
„ bre d'autres.

„ Il paroit par l'uſage que les Eſ-
„ pagnols ont fait de ces richeſſes,
„ qu'ils eſtimoient beaucoup plus la
„ matiere que l'ouvrage. Il ne faut
„ cependant pas en conclurre, qu'au

N

„cun ne méritât d'être confervé: quel-
„ques mòrceaux précieux par leur ma-
„tiere, échappés depuis deux fiécles
„au danger de changer de forme par
„l'ignorance & l'avidité des propri骭
„taires, peuvent fervir de preuve &
„de monument, fi non de l'habilité
„des Indiens dans la fculpture, du
„moins d'une *rare induftrie*, par la-
„quelle ils ont fuppléé aux machines
„& aux outils.

„Dans mon voyage de Lima, con-
„tinûe Mr. de la Condamine, j'avois
„fait acquifition de diverfes petites
„Idoles d'or & d'argent, & d'un vafe
„cylindrique de même métal, de huit
„à neuf pouces de haut, & de plus de
„trois de large, avec des mafques ci-
„felés en relief. A en juger par ces
„ouvrages, les Péruviens n'avoient
„pas fait de grands progrés dans le
„deffein; celui de ces piéces étoit
„groffier, & peu correct, mais l'adreffe

„de l'ouvrier y brilloit par la délica-
„teſſe du travail. Ce vaſe étoit ſur-
„tout ſingulier par ſon peu d'épaiſſeur.
„Ce ne peut être la rareté de l'argent,
„qui y avoit fait épargner la matiere ; il
„étoit auſſi mince que deux feuilles de
„papier collées enſemble ; & les côtés
„du vaſe étoient entées d'équerre ſur le
„fond à vive arrête, ſans aucun veſti-
„ge de ſoudure.

„J'ai ſaiſis l'occaſion de faire voir
„le prix de cette antiquité à ceux en-
„tre les mains de qui ce vaſe peut être
„tombé ; le peu de poids de la matie-
„re pouvant avoir préſervé le vaſe de
„la fonte."

Sur ce que Mr. de la Condamine
avoit vû, il fut moins incrédule que
Mr. de P., & paroit croire avec
Pietro Ciéca, que les Péruviens ſça-
voient très-bien imiter en or de rélief,
les plantes, ſurtout celles qui croiſſent
ſur les murailles, & qu'ils les y

N 2

plaçoient avec tant d'art, qu'elles
fembloient y avoir pris naiffance.
Sans doute conclut Mr. de la Condamine, que les Péruviens les jettoient
au moule, ainfi que les figures de La-
pins, de Souris, de Lézards, de Serpens, de Papillons, &c. dont parlent
les Hiftoriens.

Ces vafes, ces figures ornent aujourd'hui les cabinets des Curieux de
l'Europe. J'ai vû à Monté-Video
dans le Paraguai, des ouvrages brodés
en or & en argent par les mains des
Indiens du Chili, dont nos plus habiles Brodeurs fe feroient honneur.
Don Joachim Jofeph de Viana, Gouverneur de cette Ville-là, nous montra un *Puncho* de cette efpèce, qu'il
nous dit avoir payé mille piaftres, &
nous affura qu'on y en travailloit de
plus riches & de plus beaux.

Pour prouver fa théfe, Mr. de P.
oferoit-il fe prévaloir de la fimplicité

des peuples de l'Amérique & de quelques uns de leurs ufages, qu'il nous plait de regarder comme bizarres? fi la fimplicité de quelques Caraibes leur a fait penfer que la poudre à canon pouvoit être la graine de quelque plante, & les a pouffé à en demander pour en femer, on a vû une marchande de St. Malo, correfpondante d'une Dame de la Martinique, lui mander de femer beaucoup de Caret (écaille de tortue, dont on fait les tabatieres & autres ouvrages;) parceque ce fruit fe vendoit beaucoup plus cher que le tabac, & ne fe pourriffoit pas dans le vaiffeau pendant la traverfée. (a) N'avons nous pas vû des Magiftrats d'une Nation Européenne, vouloir condamner au feu un homme, pour avoir fait danfer des Marionnettes. Comus, le célebre Comus, fi connu à Paris & à Londres par des expériences phyfiques,

(a) Hiftoire des Antilles.

N 3

qui ont étonné les Savans, n'oferoit
encore aujourd'hui aller les faire chez
les Nations méridionales de l'Europe,
dans la crainte d'éprouver les funeftes
effets d'un Enthoufiafme inquifitorial;
ni chez quelques Peuples de l'Allemagne même favante, parcequ'il redoute-
roit les fuites de leur admiration.

Sur quoi donc Mr. de P. fe fon-
de - t - il pour établir fon paradoxe, que
tous les peuples du nouveau Continent
font inférieurs en tout au moindre
des Européens? nous avons vû qu'en
général les Américains loin d'être une
race d'hommes dégradée & dégénérée
de la nature humaine, ont tout ce qui
caractérife la perfection; belle taille,
corps bien proportionné, aucun boffu,
tortu, aveugle, muet ou affecté d'autres infirmités, fi communes dans notre Continent; une fanté ferme, vi-
goureufe, une vie qui paffe ordinairement les bornes de la nôtre; un efprit

fain, inftruit, éclairé & guidé par une philofophie vraiment naturelle, & non fubordonnée comme la nôtre, aux préjugés de l'éducation; une ame noble, courageufe, un cœur généreux, obligeant: que faut-il donc de plus à Mr. de P. pour être véritablement homme? auffi ces hommes qu'une vanité fi mal fondée, fait traiter d'idiots, difent que le titre de *Sauvages* dont nous les gratifions, nous conviendroit mieux qu'à eux; puifqu'en effet nos actions font contraires à l'humanité, ou du moins à la fageffe qui devroit être le guide des hommes, qui fe piquent d'être plus éclairés qu'eux.

Belle leçon dictée par les lumieres de la pure raifon, plus faine dans ces habitans de vaftes forêts, ou de pays abandonnés à la Nature, que dans l'enceinte tumultueufe de nos Villes, où les paffions authorifées obfcurciffent la raifon; & où la fociété eft plus dan-

N 4

gereufe que le féjour des déferts & des bois ; où nos fçiences n'ont encore pu nous procurer le bonheur d'une vie tranquille, où nos befoins fe multi-plient dans notre abondance même ; & où cette abondance ne fert qu'à nous rendre plus pauvres & plus malheureux.

J'avoue que nous fommes faits les uns pour les autres, & que de cette dépendance mutuelle réfulte tout l'a-vantage de la fociété. Mais la pre-miere intention de cette union, ou Contract Social, à été d'obliger tous les contractans à fe prêter des fecours mutuels ; & non de laiffer tout ufur-per aux uns ; de les authorifer même dans leurs ufurpations & de laiffer manquer de tout aux autres

Les Sauvages Américains fentent trop bien ce que c'eft que l'homme pour fe conduire fuivant des principes qui heurtent ainfi la raifon & le bon fens. La plûpart au moins d'entre

eux ne vivent point feuls; mais contents du commerce des hommes qui
leur reffemblent, ils n'en veulent point
avoir avec ceux qui les regardent comme très inférieurs à eux. Prompts à
fe fécourir dans tous leurs befoins, ils
réfufent d'adopter les loix & les mœurs
de ceux qui croyent ne devoir rien aux
autres. Plus leurs mœurs font éloi-
gnées de celles des peuples que nous
appellons civilifés, plus elles paroiffent
conformes à la loi primitive, gravée
par la Nature dans le cœur de tous les
hommes. Accoutumés au joug fous
lequel nous fuccombons fans nous en
appercevoir, nous ne faifons pas réflexion que nous fubftituons à cette
loi les fauffes idées d'une raifon en-
chainée, obfcurcie & corrompue par
une éducation vicieufe.

En effet, que font aux yeux d'un
vrai Philofophe ces Royaumes fi flo-
riffants, & fi riches? ce qu'ils font

N 5

aux yeux des Sauvages ; des objets de
mépris, & ceux qui les compofent, des
objets de pitié ; parceque leurs richeffes, & leur fplendeur, ne fervent qu'à
exciter l'envie d'un voifin ambitieux,
& des guerres cruelles dans le fein des
Etats, pour la deftruction de l'humanité : parceque ces richeffes font une
pomme de difcorde toujours préfente,
fources de querelles & de divifions,
qui font la pefte de la Société.

Ne vaudroit-il pas mieux que les
habitans de notre Continent euffent
eu dans tous les tems, la même idée
de l'or, qu'en ont encore les Sauvages? ne feroit-il pas plus avantageux
pour nous, d'avoir laiffé l'or & l'argent enfévelis dans les entrailles de la
terre, que de les en avoir tirés, pour
former le tombeau de tant de milliers
d'hommes, facrifiés à la cupidité de
leurs femblables, & pour ne trouver,
au lieu du bonheur que l'on y cherche,

avec tant de peines & de foucis, que
la fource funefte des maux dont nous
fommes inondés?

Qu'on ne s'imagine pas que ces
raifonnemens foyent un jeu d'efprit,
ou le fruit d'une imagination échauffée.
C'eft le langage même, les fentimens
des Sauvages, que divers Auteurs célebres rapportent dans leurs rélations,
comme ayant entendu tenir ces difcours
aux différens peuples du nouveau Continent, avec lefquels ils ont vêcu. Ils
font d'autant moins fufpects de partialité à cet égard, qu'ils ont rapporté
avec la même franchife, ce qu'ils y ont
remarqué de répréhenfible, comme ce
qu'ils y ont trouvé de louable. Si l'on
peut reprocher quelque chofe à ces
Voyageurs, c'eft d'avoir obfervé certains ufages avec les yeux d'un préjugé national; de les avoir conféquemment regardés comme bizarres & ridi-
cules, faute de les avoir comparés

avec les notres, ou d'avoir affez réfléchi fur les motifs qui ont pu les faire introduire.  On les a qualifié de
travers d'efprit; mais voyons fi nous
penfons mieux que les Américains.
On pourra en juger fur le parallele de
leurs mœurs & de leur caractère avec
ceux des Nations Européennes, & par
la comparaifon de quelques uns de leurs
ufages avec les nôtres.

Doués par la Nature d'une ame
noble, d'un cœur généreux & de cet
efprit calme, qui voit les objets fans
fe paffionner, & qui donne aux chofes
leur jufte valeur, les Peuples du nouveau Monde font bienfaifants, offi-
cieux, prévenans, rendant aux Européens amis, comme à ceux de leurs
Nations, tous les fervices qui dépendent d'eux, fans attendre même qu'on
les en prie.  Ils ne fe croyent pas aifément offenfés ni injuriés.  Dès qu'un
homme n'eft pas réconnu d'eux pour

ennemi, ils ne foupçonnent même pas qu'il ait envie de leur nuire. Mais quand on a abufé de leur bonne foi; qu'on les paye d'ingratitude, & qu'ils fe croyent réellement offenfés, ils ne pardonnent jamais & poufsent leur vengeance aufsi loin qu'elle peut aller. Cette pafsion furieufe, & non le goût décidé pour la chair humaine, eft le motif qui poufse quelques Nations à dévenir Antropophages.

On a vû des Bréfiliens mordre la pierre contre laquelle ils s'étoient heurtés, & mordre les flêches qui les avoient blefsés. D'ailleurs vivant fans défiance les uns des autres, ils ne portent d'armes que pour la chafse des animaux, qui leur fournifsent leurs vêtemens & une partie de leur nourriture.

La même confiance fait que comme les grands Tartares, (b) leurs maifons

(b) Voyages de Carpin & de la Mottraye.

n'ont ni portes ni fenêtres clofes. Libres de leurs volontés & de leurs actions, ils ont de la peine à concevoir comment un homme peut avoir affez d'autorité pour empêcher les autres de parler & d'agir, & prefque de penfer autrement qu'il ne lui plait. Contents de peu, ils trouvent dans leur prétendue pauvreté ce bonheur que nous ne trouvons pas dans le luxe, les richeffes & les titres d'honneurs, dont ils ignorent prefque les noms. Ils fe laiffent aller tranquillement dans les bras du fommeil, fans fouci & fans inquiétude pour le lendemain, & voyent enfin arriver le terme de leurs jours fans crainte de la mort, & fans regret pour la vie.

Que penferoit un Sauvage des Européens, & quelle idée ne feroit-il pas fondé à avoir des Nations même de notre Continent, qui fe prétendent les plus civilifées, fi au milieu d'une

Religion qu'il a fallu établir, pour leur persuader que tous les hommes sont freres; il voyoit la misere incarnée mendier un morceau de pain à la porte de celui-là même qui ne nage dans le luxe & l'abondance qu'à la faveur des flots de sueur du misérable à qui il le réfuse? s'il se voyoit toujours environné d'hommes armés, à qui l'honneur & le caprice seront à chaque instant un motif suffisant pour lui nuire; d'hommes qui vivent de maniere à obliger de les conduire par des loix, qui, à la honte de l'humanité, les font regarder comme des brigands & des bêtes féroces, contre lesquels il faut toujours être en garde.

Avons nous donc bonne grace de reprocher la férocité à quelques Peuples du nouveau Monde? agissent-ils plus cruellement que les Espagnols ne l'ont fait à leur égard? Que diroient ces prétendus Sauvages, s'ils voyoient

des Anglois bleffés & vaincus à Fonte-
noy, égratigner, mordre de rage les
François, qui s'empreffoient à étan-
cher le fang de leurs bleffures, à ver-
fer du baume dans leurs playes, & à
leur donner tous les fecours d'une humanité bien faifante? y a-t-il rien
de plus cruel que le Soldat Européen?
je rougirois d'en rapporter les actes de
cruautés & de fcélérateffe. Tirons le
rideau fur des paralleles fi odieux &
paffons à d'autres objets, qui ne feront capables que d'exciter le rire des
Démocrites de nos jours.

On l'a dit, & on le dira longtems: la moitié du Monde fe moque
réciproquement de l'autre. On fe
paffionne aifément pour les ufages,
comme pour les fentimens que l'on a
adoptés: & rien ne nous plait qu'autant
qu'il a plus de conformité avec notre
façon de penfer & d'agir. Les Européens dont les Climats qu'ils habitent,

ne

ne leur ont pas permis de se passer de vêtemens, blament les Peuples de l'Amérique qui vont nuds, parceque les habits leur seroient plus à charge qu'avantageux.

La plûpart des Sauvages se peignent le corps d'une façon, qui nous paroit ridicule & bizarre, quelques uns d'une seule couleur, d'autres y employent le rouge, le noir, le blanc, le bleu, le jaune, & représentent sur leurs corps diverses figures de fleurs & d'animaux : d'autres s'oignent d'une espèce de colle gluante, sur laquelle ils font soufler du duvet de diverses couleurs, par compartimens. Ils trouvent cet usage admirable, non seulement à titre de beauté, mais parceque ces onctions les garantissent des Insectes, les rendent plus souples, & plus agiles : ils ont donc raison de les faire. Nous nous en moquons cependant, sans faire réflexion qu'on voit

O

dans nôtre Continent, des Pélerins
Turcs vêtus de robes longues, faites
d'un millier de pieces de toutes couleurs, fans pouvoir en apporter une
bonne raifon.   On voit des hommes
& des femmes dans tous nos pays,
trouver de la beauté dans leur parure,
porter fur la tête des aigrettes de plumes, comme les Sauvages, & con-
traints de fe vêtir, fe rapprocher du
goût des Américains, autant qu'il eft
poffible, par des habits rayés de différentes couleurs, peints de fleurs, de
papillons, d'infectes, diftribués fouvent auffi bizarrement que ceux des
Sauvages.

En fe peignant ainfi la peau, les
Indiens y trouvent un avantage réel,
dicté par la Nature, pour la confervation de leur exiftence; mais nos Européennes en employant le blanc & le
rouge pour fe farder le vifage, la
gorge, & les parties du corps qu'elles

portent nues, n'ont d'autres motifs &
d'autres intentions que de cacher des
défauts ou reçus de la Nature, ou im-
primées par l'âge ; ce qui eft une hypo-
crifie & une fourberie véritable.

Les Américains aiment les cheveux noirs, ainfi que les Chinois, &
fe les oignent d'onguens & de jus
d'herbes pour leur donner cette couleur.

La plûpart des Dames Efpagnoles
& Italiennes teignent les leurs, les
parfument de fouphre, les humectent
d'eau feconde, les expofent au foleil
le plus ardent, pour leur donner
la couleur d'or. Au contraire en France, en Angleterre, en Allemagne &
dans tous les pays du Nord, on voit
des femmes s'arracher la moitié des
fourcils, & peindre le refte en noir,
pour paroître plus belles, elles imitent en cela les Sauvageffes, qui fe
font des cercles noirs autour des yeux
avec du jus de pommes de *Junipa.*

O 2

Au refte la mode de fe peindre tout le corps ou quelques parties feulement, fut celle de tous les tems, & de tous les pays. Le Prophete Jérémie l'a reproché aux Juifves, Tacite le dit des Allemands, (c) Pline, (d) Hérodien, (e) nous apprennent que certains Peuples de la grande Bretagne, n'ayant l'ufage d'aucuns vêtemens, fe peignoient le corps de diverfes couleurs, & y repréfentoient des figures d'animaux, d'où ils furent nommés *Picles.* Les Gots fe rougiffoient le vifage avec du cinabre; & les premiers Romains, fi nous en croyons Pline, (f) fe peignoient de *Minium* les jours de triomphe. On l'a dit de Camille. Les jours de fêtes, on enluminoit auffi le vifage de Jupiter. Les Européens faifoient de cette

(c) Livre des mœurs des anciens Allemands.
(d) Liv. 22. Ch. 1.
(e) Vie de Severe.
(f) Liv. 33. Ch. 7.

couleur le même cas qu'en font encore les Américains, & surtout les Patagons. Les principaux d'Ethyopie s'en rougiſſoient tout le corps, & même les ſtatues de leurs Divinités.

En Amérique les Indiens portent des eſpèces de bonnets ou couronnes de plumes d'oiſeaux très-bien tiſſues & arrangées avec goût: les femmes portent des aigrettes. En Europe les hommes ornent leurs chapeaux de plumets, & les femmes arborent auſſi des aigrettes, & entrelacent des fleurs naturelles ou artificielles dans leurs cheveux. Les Indiennes de l'Amérique ſe percent les oreilles, & y mettent des pendans d'os ou de pierres de couleur travaillés & polis. Les Péruviennes & les Bréſiliennes en ont d'or pur d'une grandeur déméſurée, quelquefois décorés de pierres fines ou de criſtal, ou d'ambre jaune, ou de corail, ainſi que les Apalachites. Nos Européen-

nes les imitent encore à cet égard, en
portant des pandeloques de perles, de
diamans ou d'autres pierres, qui leurs
defcendent jufqu'au bas de la ma-
choire. Les Dames de notre Continent portent auffi des bracelets comme
les Américaines; vraifemblablement
elles fe peindroient auffi tout le corps,
comme les Caraibes, les Bréfiliennes,
prefque tous les peuples du nouveau
Continent & de plufieurs Cantons de
l'Afrique, fi les Climats qu'elles habitent leur permettoit de ne pas fe vêtir.
Nos Européennes fe flattent cependant
d'avoir du goût & de l'efprit: pourquoi donc méprifieroient - elles les
Américaines, fur lefquelles elles ne
l'emportent que par une plus grande
envie de plaire? Quant aux autres
ufages, & aux idées rélatives à ce que
nous appellons agrément & beauté,
chaque Nation les attache à diverfes
chofes fuivant le caprice, & le préjugé

de l'éducation. Les Américains trouvent tant de difformité à nourir leur barbe, qu'ils l'arrachent à méfure qu'elle croît. On affure même qu'ils ont le fécret d'empêcher le poil de révenir, quand ils l'ont arraché. Ils penfent que la barbe ne convient bien qu'au menton des boucs & des chevres. Tous les Peuples orientaux de notre Continent, regarderoient comme la plus grande injure, & ne pardonneroient jamais à celui qui leur auroit coupé la barbe.

Les Européens occidentaux d'aujourd'hui penfent comme les Américains fur l'ufage de porter la barbe; ils laiffent aux militaires & aux cochers le plaifir de porter des mouftaches & coupent la barbe le plus ras poffible, pour fe donner fans doute un air plus efféminé, tandis qu'ils auroient honte d'avoir le menton dénué de poil, pour des raifons que l'on fçait. Ainfi

O 4

varient les opinions ſur la perfection
& la beauté.

Chez les Maldivois plus un corps
eſt vélu, plus il paroit beau. Ce ſeroit parmi nous, comme chez les Peuples de l'Amérique, la beauté d'un
Ours & non celle d'un homme. Par
la même raiſon les Japonois, les Tartares, les Chinois, les Polonois, s'arrachent, ou ſe coupent preſque tous
les cheveux, pour n'en laiſſer croitre
qu'un toupet au ſommet de la tête,
tandis que les peuples occidentaux de
l'Europe non ſeulement conſervent
leurs cheveux, mais en empruntent
d'autrui, quand les leurs ne peuvent
s'arranger à leur fantaiſie.

De très petits yeux font un trait
de beauté chez les Tartares, ainſi
qu'un nez extrêmement camard. Pour
en réléver l'éclat les femmes l'oignent
d'onguent noir. Les Guinois aiment
auſſi les nez écraſés & les grandes

ongles. Les Calécutiens & les Mala-
bares veulent des oreilles allongées
jufques fur les épaules. Ne pouvant
donner cette forme aux leurs, nos
Dames Européennes y fuppléent par
d'énormes boucles d'oreilles. Elles
aiment dans les hommes un nez aquilin
& les Européens aiment dans les femmes un petit nez rétrouffé; ils ont
leur raifon pour cela.

Les Ethyopiens préferent les le-
vres épaiffes & faillantes, avec un teint
de peau le plus noir. Les Nègres de
la Mofambique aiment les dents aigues
& pointues; ils employent même la
lime pour fe donner ce trait de beauté,
tandis que les Maldivois les veulent
larges & rouges, & mâchent continuellement du Betel pour cet effet. Les
Japonois n'eftiment que les dents noires, & ufent d'artifices pour les rendre
telles, pendant que nous employons
toute la fcience des Chirurgiens

O 5

Dentiftes pour donner à nos dents la plus grande blancheur.

Les Cumanois font confifter la beauté de la tête à l'avoir allongée & applatie par les deux côtés. Dès la naiffance les meres la preffent à leurs enfans pour leur donner cette forme. Ils fe lient les jambes au deffus du mollet, & les ferrent au deffus de la cheville pour les faire enfler, parce qu'ils les aiment groffes. Les Européens, fi l'on en excepte les Efpagnols, préferent les jambes fines & les mollets d'une groffeur proportionnée.

Chez quelques Afiatiques, & dans plufieurs Cantons de l'Afrique, c'eft une beauté aux femmes d'avoir des mammelles pendantes, & affez allongées pour être jettées par deffus l'épaule, nos Européennes les trouveroient affreufes.

Un petit pied eft admirable à la Chine: pour l'avoir le plus petit possible, les Chinoises s'estropient au point de ne pouvoir presque se soutenir. Les femmes Turques regardent comme une grande faveur de montrer seulement le bout du pied, & découvrent aisément leur gorge; pendant qu'au milieu d'elles, dans l'Ile de Chio, les femmes se couvrent exactement la gorge jusqu'au menton, & portent des jupons si courts qu'à peine descendent-ils jusqu'au genouil.

Mais si les Chinoises s'estropient les pieds, si les femmes Tartares s'écrasent le nez pour se donner des agrémens & des appas, nos Européennes ne se mettent-elles pas le corps à la torture, pour se former une belle taille? à quoi néanmoins elles réussissent si mal, que si on les examine de près, on en trouvera au moins la moitié de contrefaites.

Je n'entrerai pas dans le détail des autres usages de l'Europe; le goût pour la beauté, & les idées de la perfection y dépendent comme ailleurs, des loix, du Climat & des principes de l'éducation que l'on y reçoit. Ce seroit entreprendre l'impossible que de vouloir fixer tant d'opinions différentes ; de détruire des préjugés identifiés pour ainsi dire, avec nous. *Tot capita, tot sensus.* Ce proverbe dont l'expérience journaliere prouve si clairement la vérité, devroit nous rendre plus circonspects dans nos jugemens sur les usages des Nations. La raison, le bon sens nous apprennent à ne condamner que ceux où l'humanité trouve des désavantages réels, qui tendent à sa destruction, ou ceux dont la Nature a lieu de se plaindre. Hé parmi nous combien n'en trouve-t-on pas qui la heurtent de front ?

Dans la plûpart des cantons du vaste Continent de l'Amérique, les naturels du pays ont, suivant nous, des travers d'efprit, d'inclination & de conduite. Mais fi nous étions affez dénués d'orgueil, affez dépouillés de prévention pour nous rendre juftice, ne trouverions-nous pas, que très-fouvent nous agiffons plus mal, & raifonnons auffi peu conféquemment qu'eux? des réflexions un peu moins intéreffées de notre part, n'en feroient que plus philofophiques; nous verrions les objets dans leur véritable point de vûe, & nous les eftimerions ce qu'ils valent. Aveuglés par le préjugé, le nom feul de *Sauvage*, nous préfente l'idée d'un homme dur, brutal, inhumain, & tel que Mr. de P. nous l'a dépeint d'après fa prévention. Mais s'il en avoit fait le portrait d'après nature, il nous l'auroit préfenté comme un homme qui ne connoiffant prefque aucun excès, ne connoît prefque aucune des maladies qui en font une fuite, & portent jufqu'à l'efprit la foibleſſe qu'elles donnent au corps; comme un homme dont l'eſprit ſain, calme & tranquille, marche ſûrement à la lueur du flambeau de la Nature, & rend ſon corps déjà bien conſtitué, fort, vigoureux, robuſte; vivant de peu, mais vivant un ſiécle; parceque endurci de bonne heure au froid & au chaud, il n'eſt incommodé ni par les injures de l'air, ni par l'intempérie des ſaiſons: comme un homme dont la vigueur du tempérament eſt le princi-pe d'une conſtance & d'une fermeté d'ame à l'épreuve de tout; fermeté qu'il a plu à Mr. de P. de métamor-phoſer en indolence & en lâcheté, qui auroient leur ſource dans la dégrada-tion phyſique de l'être des Américains.

Mais ces Sauvages incapables de s'élever dans la proſpérité, comme de s'abattre dans l'adverſité, ſont parve-nus naturellement à ce dégré de Phi-loſophie, dont les Stoiciens ſe vantoient avec si peu de fondement. Ces Philosophes rustiques reçoivent tous les évenemens avec la même tranquillité. Qu'on annonce à un pere de famille Américaine que son fils s'est signalé contre les ennemis, il répondra simplement, *voila qui est bien.* Vient-on lui dire : *vos enfans ont été tués : cela ne vaut rien* dira-t-il sans s'émouvoir, & sans demander comment la chose est arrivée.

Pleins de la droiture que la lumiere naturelle inspire, ils goutent ce qui est beau, ce qui frappe leur esprit ; mais ils ne saisissent pas toujours ce qu'on voudroit leur faire entendre, soit parceque ignorant le génie de leur langue, on le leur explique mal, soit parcequ'il répugne à des préjugés anciens, dont notre propre expérience prouve qu'il n'est pas aisé de se défaire.

Le Baron de la Hontan prête aux Indiens du Canada, & beaucoup d'Auteurs rapportent des autres Peuples du nouveau Monde, des raisonnemens si justes & si abstraits sur l'Etre souverain, sous le nom du *grand Esprit*, qu'on les diroit puisés dans les écrits des Philosophes.

Mais enfin quoiqu'ils n'ayent ni culte, ni religion, ils disent que ce grand esprit contient tout, qu'il agit en tout, que tout ce qu'on voit, tout ce qu'on connoit est lui, qu'il subsiste sans bornes, sans limites, sans figures; ce qui fait qu'ils le trouvent en tout, & lui rendent hommage en tout.

Ces raisonnemens que l'on trouve fréquemment dans le receuil des voyages de l'Abbé Prevôst, sont-ils ceux de gens hébétés & stupides? Les Brachmannes des Indes raisonnent à peu près dans le même goût. Apollonius de Thyane fut autrefois chez eux, pour s'instruire de la philosophie.

Non

Non je ne fçaurois me perfuader que Mr. de P. eût lu attentivement les Auteurs qui ont écrit fur le nouveau Continent, lorfqu'il nous en a tracé un portrait fi différent de celui que j'en ai tiré. Comment n'y a-t-il pas vû que la Louifianne, la Virginie &c. jouïffent du plus beau Climat du Monde; (g) que tout y vient dans une abondance étonnante, comme dans le Chili, même fans le fécours d'une pénible induftrie; que le divertiffement feul des naturels du pays fuffifoit pour fupléer à leurs befoins, lorfque la douce tranquilité dans laquelle ils paffoient leurs jours, fut troublée par l'arrivée des Efpagnols & des Anglois, qui apprirent à ces Peuples ce que peut l'avarice & la cupidité, & les firent paffer de l'âge d'or à l'âge de fer? Il y auroit vû que la Nature n'a pas moins

(g) Differtation de Guedeville, Tom. VI. p. 91. & fuivantes.

P

favorifé les hommes qui habitent ces beaux Climats; puifqu'en général, ils font droits & bien proportionnés, ont les bras & les jambes d'une tournure merveilleufe & n'ont pas la moindre imperfection fur le corps; que prefque toutes les femmes y font d'une grande beauté; qu'elles ont une taille fine, des traits délicats, & ne manquent d'autres charmes à nos yeux, que de ceux du teint; qu'elles font pleines d'efprit, toujours gayes, de bonne humeur, & que leur rire a même beaucoup d'agrémens.

Pour donner enfin des Peuples de l'Amérique une idée telle qu'on doit fe la former, je croirois fans partialité qu'à beaucoup d'égards, ils font plus hommes que nous dans toutes leurs manieres dignes de la fimplicité primitive du vieux tems; qu'ils ne font fauvages, fuivant la rigueur du terme, que dans notre imagination &

rélativement aux préjuges des peuples ambitieux, avares, adonnés au luxe & à la molleffe, & que la mifere ou les foucis poignardent au milieu de leur prétenduë abondance.

Lorfque j'entre dans les tabagies, Angloifes, Hollandoifes, Flamandes, ou dans les Muficaux Allemands, Danois ou Suédois, il me femble être tranfporté dans un Carbet de Caraibes, ou de Sauvages du Canada. La diffé- rence que j'y trouve, eft à l'avantage de ces derniers. Avec un ame calme & un efprit tranquille, qui leur donne à la vérité un air oifif, phlegmatique, & férieux; ils fument paifiblement leur calumet; mais on y lit en même tems l'affection mutuelle qui les raf- femble, la fatisfaction qu'ils éprouvent de fe voir réunis.

Dans les tabagies de notre Conti- nent on voit des gens affemblés pour paffer des journées entieres appuyés

nonchalamment fur le bout d'une table
couverte de vafes pleins de thé ou de
bierre, ou rétirés dans un coin le verre
à la main, la pipe à la bouche; regardant les autres avec des fourcils raba-
tus, les étudiant dans un morne filen-
ce, examinant jufquà leurs moindres
geftes, avec des yeux obfcurcis par les
vapeurs noires de la bierre & de la mélancolie, & qui ne s'ouvrent que pour
manifefter la défiance qu'ils ont de
leurs voifins, avec les foucis & les inquiétudes de l'intérêt & de l'ambition.
Si la joye & le plaifir s'y rencontrent
quelquefois, ils n'y font amenés
que par l'yvreffe, qui alors en
bannit la raifon, pour y introduire
la difcorde, les querelles, & toutes leurs funeftes fuites. Voila cependant ces Peuples civilifés. Hé,
qui des Américains ou de nous
mérite à plus jufte titre le nom de
Sauvages?

Il ne me feroit pas plus difficile de juftifier l'Amérique des fauffes affertions de Mr. de P. au fujet des quadrupèdes naturels à ce Continent là, ou qu'on y a tranfporté du nôtre. Suivant cet Auteur, (h) par un contrafte fingulier, les Onces, les Tigres & les Lions Américains font entiérement abatardis, petits, pufillanimes & moins dangereux, mille fois que ceux de l'Afie & de l'Afrique. Les animaux d'origine Européenne y font devenus rabougris ; leur taille s'eft dégradée, & ils y ont perdu une partie de leur force, de leur inftinct & de leur génie.

Le P. Cataneo n'a pas tout à fait penfé à cet égard, comme Mr. de P. & Mr. Muratori nous affure dans fa petite hiftoire du Paraguai, que les Tigres y font plus grands & plus féroees que ceux d'Afrique. Toutes les

(h) Tom. I. p. 3. & 13.

peaux de Tigres que j'ai vûes à Monte Video étoient auſſi belles & pour le moins auſſi grandes que celles qu'on nous apporte de notre Continent. Quant à ces animaux vivants, je n'y en ai vû qu'un ſeul, dont le Gouverneur de Monté Video fit préſent à Mr. de Bougainville, qui le fit porter à bord de notre Frégate, où l'on fut contraint de le tuer quelques jours après. Il avoit été élevé tout jeune, attaché à la porte de la Cour du Gouvernement; & quoiqu'il n'eut alors que quatre mois au plus, ſa hauteur étoit déjà de deux pieds trois pouces. On peut juger de celle qu'il auroit acquiſe, ſi on lui eût permis de croitre juſqu'à ſa grandeur naturelle.

Les Portugais de l'Ile Ste. Catherine, & ceux de la côte de la terre ferme nous exhortoient à ne pas nous expoſer dans l'intérieur des terres, & n'oſoient eux-mêmes aller à la chaſſe

fur la lifiere des forêts; parcequ'ils regardent les Onces, les Tigres, les
Leopards & les Lions de ce pays-là
comme des animaux extrêmement dan-
géreux & cruels. Les Ours de l'Amérique feptentrionale loin d'y être
rabougris, y font d'une grandeur
effroyable.

Mr. de P. a fans doute confondu
les Lions du Bréfil, du Paraguai, du
Mexique & de la Guyanne avec un
animal du Pérou & des frontieres du
Chili, plus petit, moins fort, moins
courageux, & qui n'a pas la figure du
Lion; mais auquel les Péruviens ont
donné le nom de ce Roi des animaux
quadrupèdes, nom qu'on lui a confervé
dans les rélations qu'on nous a données
de ce pays-là.

A l'égard des quadrupèdes qu'on a
tranfportés de notre Continent en
Amérique, peut-être la dégradation
en a-t-elle atteint quelques uns dans

certains Cantons, comme il arrive
presque à tous ceux que l'on en apporte pour les naturaliser chez nous.
Mais Mr. de P. n'a pas moins de tort
d'en conclure du particulier au général.
J'ai vû au Bréſil & ſur le rivage de
Rio de la Plata, des Taureaux auſſi
gros & auſſi forts que les plus gros de
France.    Sans doute qu'ils ſont ordinairement plus grands; puiſque dans
le commerce prodigieux que l'on y fait
de leurs cuirs, pour les porter en Europe, ceux que l'on appelle *Cuirs verts,*
ou non préparés, doivent avoir dix
pieds de la tête à la queue, pour être
marchands.    Les Chèvres & les brébis
y ſont auſſi de la plus grande taille.
La race Eſpagnole des Chiens de chaſſe y eſt admirable & y a ſi peu dégé-
néré pour le corps, l'inſtinct & le génie, que les Chiens d'arret du Gouverneur de l'Ile Ste. Catherine étoient
hauts comme les plus grands Chiens

qu'en France on appelle Danois, & gros comme des Limiers. Il nous en donna deux de l'âge de trois à quatre mois, qui arrêtoient déjà naturellement, & que Mr. de Bougainville conduisit en France.

Les Chevaux Espagnols qui se font extrêmement multipliés en Amérique, loin de s'y être abatardis, y ont acquis un degré de bonté si supérieur à ceux d'Espagne même, qu'ils font jusqu'à soixante lieuës de suite, sans prendre aucune nourriture, & font pour l'ordinaire à Buenos-Aires, & à Monte-Video, trois jours de suite sans boire ni manger. Ils font malgré cela d'une vigueur, d'une légéreté & d'une allure au dessus de toute imagination. J'en ai rapporté les preuves, dans le journal de mon Voyage aux Iles Malouines, après en avoir été témoin oculaire.

P 5

Plus je réflêchis fur l'idée que Mr. de P. s'eft efforcé de nous donner de l'Amérique, moins, je la trouve conforme à celle que nous en avions. Cette partie du Globe eft depuis fa découverte, le grand, le puiffant, le riche aymant des Européens. L'Europe, la moindre partie de la terre dans le partage qu'il a plû aux hommes d'en faire, vife depuis ce tems-là à fe dédomager de fon peu d'étendue, & de ce qui lui manque, en cherchant ardemment les biens que la Nature lui a réfufés, & dont cette mere commune, qui n'aime pas également fes enfans, a été prodigue à certains pays.

En effet, fi les Européens penfoient comme Mr. de P., verroit-on cette émulation fi vive, fi empreffée pour aller s'établir en Amérique & y chercher toutes fes productions? La fatigue, les périls, les incommodités, rien ne nous rébute.

Quoique l'avarice & la cupidité ayent fait parcourir l'Asie & l'Afrique, ce n'est rien en comparaison de l'Amérique. Depuis qu'on connoit ce vaste Continent, avec quelle ardeur n'a-t-on pas taché de profiter de ses dépouilles? on peut dire sans exagération, qu'il en est venu des richesses immenses dans tous les genres. Il ne pouvoit même arriver aux naturels du pays un plus grand malheur que cette découverte. On ne s'est pas contenté de les dépouiller avec violence, des choses dont ils nous auroient volontiers fait part en échange, on a ôté à quelques uns le plus précieux de tous les biens, la liberté. Pillés, on a encore exercé contre eux des cruautés horribles. Enfin ces pauvres mortels, dont tout le crime étoit d'être nés dépositaires, sans le savoir, des tréfors de la Nature, éprouverent les effets les plus criants de l'injustice & de la violence; parcequ'ils employoient les moyens légitimes pour défendre leurs droits naturels contre l'invafion des ufurpateurs. Il ne leur reftoit que la qualité d'hommes, falloit-il que Mr. de P. eût encore la cruauté de vouloir les en dépouiller?

Non tout le fpécieux de fes raifonnemens ne fçauroit tenir contre la conduite des Européens. Elle prouve plus que tous les argumens; parceque le raifonnement, eft toujours en défaut quand l'expérience eft contre lui.

Si je m'étois propofé de rélever toutes les autres propofitions hazardées des réflexions philofophiques de Mr. de P. ces differtations formeroient un volume prefqu'auffi confidérable que l'ouvrage même. J'ai de la peine à me perfuader, malgré le ton décidé & affirmatif de cet Auteur, qu'il ait penfé & débité de bonne foi tout ce qu'on

y trouve. Dans le délire presque général qui fait mettre au jour tant de
paradoxes & de contradictions, Mr.
de P. s'est laissé sans doute, emporter
à la manie qui regne d'inonder le public de sarcasmes & de déclamations
indécentes contre l'état réligieux. (i)
L'ordre des Bénédictins, ou plutôt les
richesses dont ils jouissent avec des titres qu'on ne peut leur contester, ont
réveillé la jalousie & l'envie ; la cupidité dévorante de ces Déclamateurs ne
leur permet pas même de garder des
ménagemens, & ne laisse aucune équivoque sur la nature des motifs qui les
animent. Ils se montrent à découvert. La soif des richesses les dévore,
& leur fait exhâler mille extravagances contre les possesseurs des biens des
Abbayes, qu'ils seroient charmés de
s'approprier. On diroit à les enten-

(i) Recherches philosophiques sur les Américains
Tom. II. p. 324.

dre parler, que leurs ancêtres n'ont
été occupés que du foin de doter des
Monafters; & Dieu fçait quels feroient les titres de ces Déclamateurs
pour en revendiquer les terres, comme un bien de famille! Mr. de P. connoit bien peu les Bénédictins, puifqu'il leur rend fi peu de juftice. Trop
occupé de fon ouvrage, il n'aura lu
que des Géographes, ou des rélations
de Voyageurs, ou abforbé dans fes réflexions trop fouvent peu philofophiques, il s'eft étourdi au point d'oublier que les Magiftrats dans leurs
playdoyers, (k) les Miniftres d'Etat, (l)
tous les Savans, Mr. de Voltaire même, n'ont jamais parlé des Bénédictins, fans faire l'éloge de leur fçience
& fans exalter les fervices qu'ils ont

(k) Mr. Joly de Fleury Avocat général du Par-
lement de Paris.
(1) Arrêt du Confeil d'Etat & Déclaration du
Roi de 1765. & 1766.

rendus & qu'il rendent encore à l'Egli-
fe & à l'Etat.    Si Mr. de P. a
donc penfé qu'il gagneroit des applaudiffemens en fe rendant l'Echo des
fons bruyants de quelques trompêtes
méprifables, je laiffe à penfer le cas
qu'il doit faire de ces applaudiffemens.
S'il rectifie au contraire fon erreur à
cet égard comme fur tant d'autres, il
nous prouvera que fes réflexions font
quelquefois philofophiques.

F  I  N.

## Corrections.

P. 20. l. 1. *de camp*, lifez : des campagnes.
p. 23. l. 20. , mettez un point.
p. 47. l. 13. effacez *les*.
p. 65. l. 6. *groffe*, lifez : groffes.
ibid. l. 14. *trouve*, lifez : trouvés.
p. 83. l. 9. *le*, lifez : la.
p. 87. l. 21. *rlen*, lifez : rien.
p. 90. l. 4. *des*, lifez : de.
p. 111. l. 11. *trouvé*, lifez : trouve.
ibid. l. 12. *n'y avoit*, ajoutez pas.
p. 126. l. 15. *aux :* fubftituez une.
p. 127. l. 8. *fondre*, lifez : fendre.
p. 145. l. 8. *doit*, lifez : doive.
p. 147. l. 15. *préjuges*, lifez : préjugés.
p. 150. l. 10. *frond*, lifez : front.
p. 153. l. 6. *naiffances*, lifez : naiffance.
p. 186. l. 3. *leurs vies*, lifez : leur vie.
p. 205. l. dern. *les grands*, lifez : chez les
grands.

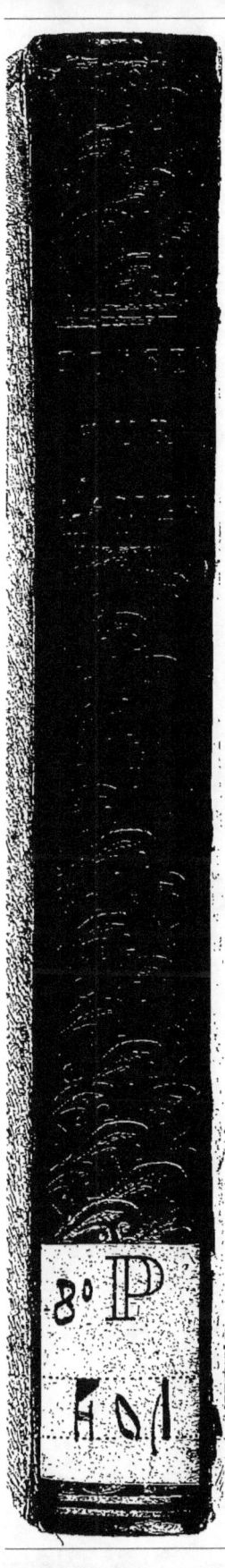

8° P
109

www.ingramcontent.com/pod-product-compliance
Lightning Source LLC
Chambersburg PA
CBHW070505030726
47503CB00004B/1166